如果　你相信爱情
那么　请翻开这本书
也许　它会给你一份
　　——人生的启迪

如果　你不相信爱情
那么　请翻开这本书
也许　它会为你揭示
　　——爱情的真谛

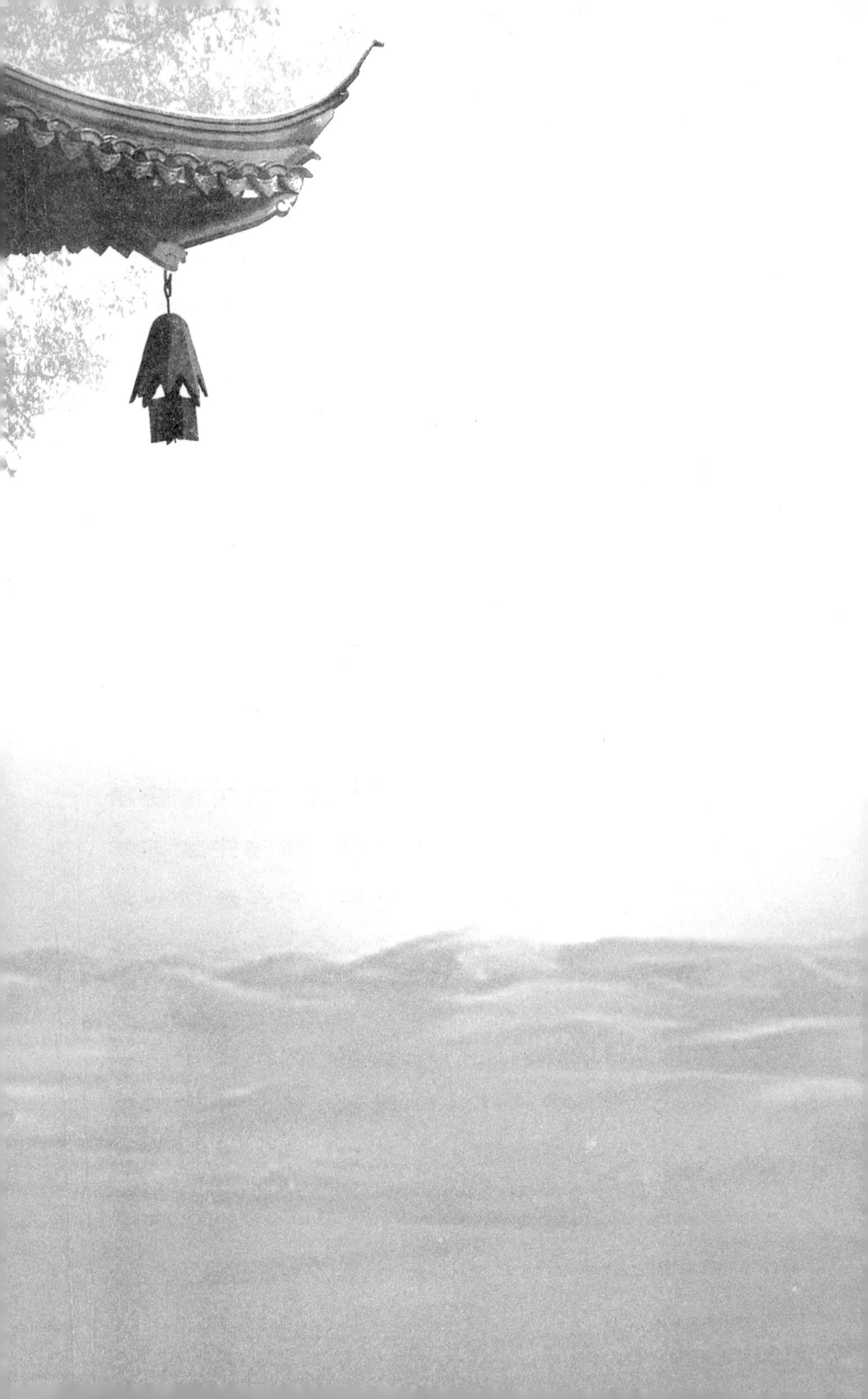

情祭 大西北

李宝珠 ◎ 著

黑龙江人民出版社

图书在版编目(CIP)数据

情祭大西北/李宝珠著. — 哈尔滨：黑龙江人民出版社，2018.6
ISBN 978-7-207-11387-0

Ⅰ.①情… Ⅱ.①李… Ⅲ.①传记小说—中国—当代 Ⅳ.①I247.5

中国版本图书馆 CIP 数据核字(2018)第 140690 号

责任编辑：杨子萱
封面设计：鲲　鹏
书眉题字：白　水

情祭大西北

李宝珠　著

出版发行	黑龙江人民出版社
地　　址	哈尔滨市南岗区宣庆小区 1 号楼
邮　　编	150008
网　　址	www.longpress.com
电子邮箱	hljrmcbs@yeah.net
印　　刷	北京万博诚印刷有限公司
开　　本	880×1230　1/32
印　　张	5.5
字　　数	90 千字
版　　次	2018 年 6 月第 1 版　2021 年 1 月第 2 次印刷
书　　号	ISBN 978-7-207-11387-0
定　　价	22.00 元

版权所有　侵权必究
法律顾问：北京市大成律师事务所哈尔滨分所律师赵学利、赵景波

如果有人问我：有没有一个人，你想见又不能见；有没有一段回忆，让你泪流满面；有没有一个地方，让你情系魂牵……

我的回答是肯定的。

记不清是哪一年，朋友转发我的邮件中，有一首加了彩色动画的歌曲《云水禅心》。我一下子便喜欢极了！不仅转到我的博客里，还存于置顶位置。从此，它成了化解我某种心情的"良药""知音"。

每当心意缱绻、顾影自怜，或莫名地悲怀、莫名地幽情欲诉时，我便会打开博客。不读不写，只为静静地聆听那段古筝演绎的凄美、哀婉、如泣如诉的音乐。

看着画面里绕石流淌的空山野溪，望着那朵悠悠远去的白云，我的思绪也会随之飘游在高山流水之间，沉湎于尘寰万象之域。让我想到人间的千种离合、万种悲欢，还有那，彻骨的情肠、无奈与伤怀……

我的心，会掠过丝丝隐痛！情不自禁地和着那充满哀怨的音乐，随那位似离尘世、又似未离尘世的奇美女子一起吟唱：

"空山鸟语兮，人与白云栖。
潺潺清泉濯我心，潭深鱼儿戏……
我心如梦烟云，当空舞长袖。
人在千里，魂梦长相依，红颜空自许。
南柯一梦，难醒！难醒！……"

我一遍又一遍地，放着这首如哀如怨的歌曲。直到和着泪，长吁一口气，舒解了心中的"隐郁"，抑或直听的、看的泪流满面，情不自禁地失声啜泣……

为什么？我也说不清。似乎是长久"掩埋"于心灵深处的什么吧？只不过不愿意点破、不想明白而已。就这样，一次又一次听着、泣着，再一次又一次慢慢恢复我的"常态"，直到重新复活我原本开朗、愉悦的天性。年复一年，周而复始。

直到 2013 年国庆期间，我惊悉他——我称之为"文武君"早已离世的消息，我惊愕得一句话也说不出来！只有电话那端的人在喊："喂？喂？喂？……"

精神和情感几近崩溃的我，只觉得心脏有种折断的疼！疼得让人不能呼吸。也是从那一刻起，我陷入了深深的悲痛、懊悔之中！而文武君的音容笑貌，再未离开我左右……

由于一连几个月，每天都在泪水与伤痛中度过，身心大受摧损，结果住进了医院。

闺蜜张晶又来医院看我。见我气色和精神头没多大变化，便边脱大衣，边调侃地说："我那个开朗、洒脱、笑脸如花的闺蜜哪去了？怎么变成林黛玉了！"

她一边削苹果皮，一边说着这几天经历和发生的趣事儿，可我就是无法开心起来。

终于，病房里的人都点完滴出去了。我俩可以说"体己"话了。我对她说："不是我想难过，想流泪，而是控制不住……"心想，我的"心病"还需"心药"治啊！可这"心药"早已撒手人寰了，我自己如何治得？我忍不住又哽咽流泪了。

见我这个样子，张晶恨铁不成钢、又很不理解地劝我说："你这么聪明的人，怎么在这件事上这么愚蠢呢？他毕竟已经不在了。更何况，他根本与你是'不相干'的人啊！分别这么多年，一共联系几次？见过几面？他又没帮过你什么，又没在一起生活过，甚至连肌肤之亲也没有过，你怎么能为他这样呢？嗨！真让人无法理解！"

是啊！我是多么愚蠢啊！也许正是这种"愚蠢"（我心里想的"愚蠢"似乎与她说的不一样），才酿成了我今生的悔憾与伤痛……而这种悔憾伤痛，竟然在我心里蛰伏了二十多年啊！其实，我只想他好好活着，在那个完整的家里尽享天伦之乐……

如今，他已经不在了，我却才明白一切！是太晚、太晚了！只有任凭心在滴血！想着想着，泪又涌出眼眶。

可是，他，真的如张晶所说，是与我"不相干"的人吗？不，不是，绝对不是！

我拂去眼角的泪水，有气无力地说："不否认，一个帮助过你的人去世了，你一定会真心难过一回。

那是感恩之情、朋友之谊。可是,有过肌肤之亲,或在一起生活过的人去世了,对方就一定会真心实意地为他悲伤到日复一日,年复一年,以至于痛不欲生吗?"

她想了一下,无言以答。只说我"你怎么还是少女情怀啊?还如此纯真,纯真到可爱,让人费解……"

她的"可爱"很可能是"可笑'的同义词吧?反正,她的揶揄对我没起多大作用,我"走着神儿"叹了口气。

她看了一下点滴瓶,穿上她刚买不久的蓝色貂绒短大衣,抖了抖黑色长裙,系上彩色纱巾,又用双手拢了一下烫得蓬松的短发,一副兴高采烈的样子。她准备去买我俩的午餐——麻辣烫。因近来我食欲极差,只有麻辣烫还有点胃口,已顾不得什么营养不营养了。

她回转身,想把我脚边的鹅黄色羊绒大衣,盖在我身上再走。她抖开看了看,顺势又将大衣往自己身上比了一下。因为她个子比我矮些,就显得又长又拖沓。她说:"这件大衣是'散摆'的,挺好看啊,咋没见你穿过呢?"我说:"当年没少穿,只是现在这几年没穿，又舍不得送人。这不是住院嘛，穿或盖都方便，又好洗，才翻出来了，都过时了。"

她为我盖在身上，叨咕着："你穿的还有过时的？麻袋片披你身上都是时装。"她说着，拎起挎包，看了一眼点滴瓶，就急三火四地出去了。只听她的高跟皮靴，在楼道里噔噔作响，声音越来越远。

病房里安静下来。西照日从窗外暖暖地斜射进来，正好照在病床上。由于暖气给的好，加上阳光的照耀，室内感觉很温暖、舒适。

我望着雪白的、空空的四壁，瞥一眼窗外的车水马龙和那熙熙攘攘的人流，感觉自己好像"尘世"的旁观者。是否"超脱"了凡尘，就不会有生、老、病、死之忧？不会有悲、欢、离、合之叹了呢？人世间好像忽然少了什么让我生命充实的东西。我只觉得自己的生命空前的虚空，虚空得让生命疼痛……

人生在世，似乎一切都是人所不能左右的！包括爱恨，包括生死。

我又长吁了一口气，脑海里又闪现着文武君的影像，且又不自觉地与那首幽情伤怀的《云水禅心》搅在了一起……我轻声哼唱起来：

"空山鸟语兮，月照花影移……
望一片幽冥兮，难诉相思意……
红尘如梦聚又离，多情多悲戚！
听那清泉叮咚叮咚似无意，
慰我长夜清寂……"

多么无奈的叹息啊！人来红尘中，哪一个人不是为至美之情而来的呢？可是……

悲郁之际，我猜想，这首歌一定是一位为爱舍弃红尘的挚情女子所作。她也一定经历过人间至美的情爱，却因"无奈"而饱尝尘世造成的相离、相思之苦！想到此，似有"同病相怜"之感，更有一份得遇"知音"的慰藉。但我还是敬佩她，能舍弃红尘入禅林，是个可将真情付"空禅"的圣情女子。我自叹不如啊！如能相识，真想与她"义结金兰。"

可是，禅，是什么呢？应该不是"空"。或许是"超凡脱俗"吧！因为山水之间，不也包含了万般尘寰之"相"吗？在万"相"之中，能有一份"静""善""舍"之禅心，岂不是不"凡"不"俗"了？

我理解的"禅"，似乎不是抛却世间万般欲念、情感、爱恋。恰相反，禅，应该是"大欲""大情"

"大爱"吧。因为，禅，是一种境界，是一种领悟，是人生态度的一种智慧啊！只是，我还没有达到这种智慧！我还觉得，禅僧不杀一切"生"；不碰落一叶花瓣；不踩死一只蚂蚁，这不就是"惜"吗？而这个"惜"里，不就包含了"情"，蕴含了"爱"了吗？

人生活在这个世界上，是否都躲不过一个"情"（指真情、真爱）字？是否都会受"情"所左右？只是，这世上又有几人的"取""舍"是对的？是不后悔、不会心痛欲裂的呢？

我漫无边际地想着，思维有些混乱。因一份情，亦是一份爱……

护士来巡视，发现我的点滴瓶几近空了。她捏了几下滴核，药液迅速下移，紧接着，她便麻利地揭去我手上的胶布。看着药水唰唰滴下来，便闪电般拔去针头。刺痛感还在，我用力按住针孔处。可是，还是按歪了，血从旁边渗出来，淌满了手臂。因我"心有旁骛"，并不知晓。

张晶提着两兜带汤水的午餐回来了。见状，惊讶一声，急忙按铃叫来了护士。

吃过了麻辣烫，我让她早点回去。说我想趁这寂静空当睡一会，等我先生来接我。

这几天都是这样，早上自己打车来医院点滴，下午，我先生请假早早开车来医院接我回家。主要是我在医院无法睡得好。他很理解我的伤情，因怕我悲伤哭泣，也不多说什么。

闺蜜张晶嘱我："该放下的就放下吧，没有意义了……珍惜现在拥有的。你看你老公对你多好！……"

我点头应答着。她放心地走了。

是的，放下！应该"放下"了！人已"去"了！

可这二十多年，我不是一直都在"放下"吗？几乎不见面、不联系。从决意拒绝他、也"伤"了他那时起，除了默默祝福，几乎不再想他、不再念他。以为一切真能"过去"，也已经"过去"了！可我又怎么知道，这一切根本没"过去"！我对他根本没"放下"！他一直都"驻"在我心里啊！就像我一直都"驻"在他心里一样，影响着我们今生今世的一切……

想着，想着，我哽咽了……泪，又如断了线的珍珠，兀自流淌下来……

人生多么宝贵，又多么短暂啊！

光阴如驹，一切都在不经意间消逝远去。似乎一切都变得缥缈、虚无了！犹如不可碰触的伤与痛，隐藏在深深的、结痂的心海中！可一切又仿佛在岁月的长河中定格、静止了。把那所有闪光的记忆，都保留得那么鲜活、生动，还原得那么真实、完整。

我的脑海里，不断地闪现文武君的影像，而且越来越清晰，挥不去，躲不开……

封存的记忆的闸门，是不能轻易打开的，一旦开启，便再难关合了……

那是在1990年的首届"哈洽会"上，我因采访工作需要，有机会得遇了带队前来参会的文武君。

当时，我本是哈尔滨市一所中学的语文教师。是被借调到某出版社编辑部帮忙的。由于采编工作我做得得心应手，主编刘珍大姐很是满意并赏识，竟然说什么也不放我回原单位了。

当时算起来也有一年多了。自己对这个工作已是轻车熟路了，并且自己也觉得很适合这个工作。整天接触新面孔、新环境，总有些新鲜感和应对新挑战的刺激。最重要的是，可以全国各地的采访加"旅游"，增长社会见识。而采访过程中，接触的都是有头有脸、有水平、有素养的人，既能锻炼自己，又增长了对人的"认识"。

刘主编已和社长谈好，准备申请名额，把我调过来。

哈尔滨的六月，花红柳绿。初夏的气候，令人十分舒爽。天，透蓝透蓝的，偶有几片白云悠然飘过。由于昼夜温差大，无论白天太阳多么炽热，只要到了傍晚或夜间，清凉的微风，会让你立刻惬意起来，忘记一天的燥热和疲惫。

"哈洽会"是6月15日开幕，历时5天。我和刘主编、谭继民、崔岩，一男三女组成的采访队伍，每天马不停蹄地深入各个参展团和洽谈队伍中。只想借这个机会，重点采访一些外省的知名企业以及了解一些品牌，完成好我们近期计划出版的《汇编大辞典》等图书的编撰任务。

已经是第三天了，我们按计划采访C厅。上午分开行动，取、送前一天材料等。下午一点半，约好在甘肃省的接待大厅门前集合。最先到的是谭老夫子，紧接着刘主编和崔岩这个假小子也到了。由于我去另一个展馆取相应材料，未见到管事的领导，只好多等了一会儿。

主编刘大姐看了几回表，有点着急，但又没办法。因为，那时既没手机也没传呼机，办事邀约全靠手表定时间。她让小崔在门口等我，自己与老谭进入接待大厅。她亮明了身份，想直接找带队领导谈话。

屋子里人很多，有十多人。有些是陪同人员，也有几个是来谈事情的。接待的那个人，急忙走到大厅里面拐角位置，向坐在围椅上的那位体健身圆、魁伟高大、英姿勃发、红光满面，一看就是领导的人，恭恭敬敬地汇报有人要采访的事情。

那领导正在与身旁的人谈着什么，示意稍等一下。刘主编礼貌地点点头。她重新出来，把自己文件夹里的材料和样书拿出来，又将浅色大印花的宽松外褂整理一下，她的服饰都是自己买布料定做的，同样丝绸质地的裤子宽松合体，加上半长的外褂显得很时尚也有点"另类"。再配上她矮矮的个子，齐眉的"灶坑门"短发，十人见了她，九人会以为她是日本人（当时，时尚着装都效仿日本潮流）。尽管刘主编年已半百，面容上的笑纹也很深，由于她很注意保养，每天都喝西洋参片泡的水，显得精气神十足。无论工作多辛劳,游山玩水多累,都从没见她有疲惫不堪之态。

她和老谭又进入大厅,站在门侧翻看着样书,不时地望一下里面拐角处的领导。终于,谈话者起身告辞了。刘主编和老谭便主动上前,与那位领导细说来意。末了,刘主编说:"有关材料在我们李记者那里,马上会拿过来的"。领导说:"好!"并示意让她们坐下等。这时,有人拿了折叠椅给她们。

我从那边出来已是额面微汗了。不知是天气热穿多了,还是方才着急急的。

我那天身穿了一条到脚踝的、前面有一排扣带、两边有斜插兜的紫色重磅真丝面料的长国裙。上穿一件黑色带暗红色花纹图案的,圆领系带的长袖衫。虽说面料属透纱绒的,但因颜色都很重,仍显得过于"暖"了些。尽管给人的印象有点传统,甚至"古董"了点,应该仍不失女性的婀娜与优雅吧。

我不断用手将披肩烫发,尤其是脑后的长发拢起几下,为的是凉爽一下后颈部。

此时,穿着球鞋、牛仔裤,清爽朝气、剪着齐耳短发的小崔发现了我。大老远就见她跳着高、打着手势喊我,一副喜出望外的样子。

刘主编听见小崔喊我，也迎了出来。

我一边往里走，一边向她汇报取材料和照片的事。她似乎没听，只望着大厅里面的拐角处。但见已有人拿着一叠材料，在向那位领导汇报着什么。那领导一丝不苟地指点着材料安排着什么，然后谦和地微笑着，决策性地挥了一下手，样子潇洒、自信，很优雅、很有领导者气派。

他刚坐下，便又有两个人前来向他握手道别，双方热情地邀约着什么，只听那位领导说："好，好的。一定，一定……"同时，打着手势道别。他微笑着，很有风度的样子。

刘主编急忙把我揽到那位领导面前说："文厅长，这就是我们的李记者，李梦儿。她是学中文的，文笔很好呢！你们的稿子交给她写大可放心"。

我微笑着礼节性地伸出手，"您好"！文厅长立即站了起来，"你好、你好！请坐"。旁边坐着的那位部下，立即识趣地站起来，并示意我坐那。

我仍然认真地、然而是讲究语言方式地，或肯定或问询或鼓励地、当然也是不失时机、因人而异地做着采访工作。末了，文厅长笑呵呵地看了看我，一边翻看着材料，一边对刘主编说："你的这位记者属下很厉害呀，听完她这番话，想不认可这件事都不行啦！"他笑着看了看我，便与刘主编交谈起来。

"是啊！文厅长说对了！她可是我们编辑部的顶梁柱呐。我们去哪采访都必须带着她。"

"哦？看得出，小李是个能力很强又很漂亮的记者呀，很难得呀！你们南方、北方的跑，也很辛苦吧？小李的家人也很支持吧？"他说话的声音很好听，是一口发音标准、咬字轻巧悦耳的"兰州腔"。

文厅长扶了扶眼镜，面有绯色地侧过身来看了我几眼。眼神里似乎有某种欣喜与期待。

我有些莫名地紧张和羞怯了，不自然地低下头，不知如何作答。

刘主编不失时机地抢过话茬儿，同时，也把折叠椅前移一大步，几乎与我和文厅长的座位形成对应的三角形。她看了我一眼，对文厅长说："她呀，对外都说自己是'军属'，有个男孩。今天我跟厅长您讲实话吧，她还是个'单身贵族'呢！她人优秀，自然心高啦！文厅长如有不错的人选，就帮个忙好啦！"她笑呵呵地，然而又很真诚、很爱怜于我的样子说着这些。

"是呀！"文厅长也稍有惊讶地呵呵笑着，再没说什么，只是看着我。

　　至此，我彻底被他和她的话"击溃"，完全失了"工作态"。在文厅长那敏锐、火热、温情的目光注视下，脸热、心慌的我，竟不知不觉地成了一位羞赧娇嗔的"小女人"："哎呀，主编"……

　　她和他仍说着与我有关的话题，文武君不时望望我，微笑着。终于，他们谈工作了，我才"如释重负"。并能很自然地看几眼这位很有魅力、很有风采的男人。我的心有些慌乱了，这是从来没有过的。什么样的领导没见过呢？自己早被"宠"坏了。可是文武君却完全不同。怎么个不同法，自己也说不清。

　　末了，文厅长答应回兰州安排一下，让编辑部一个月后派一名记者去做采访工作。说完，又认真地强调一下："就让小李记者去吧。小李记者还没去过大西北吧？正好顺便游玩一下"。我示意一笑，刘主编欣然应允。

　　此时，恰巧有人来告诉文厅长，返回兰州的机票已拿到手，说该准备启程了。大家握手言别。

　　文武君笑望着我，以手势示意着，一齐缓步向门口走去。在送我至一脚门里、一脚门外的时候，文武君压低声音认真叮嘱我："记住，你要一个人去。"

我怔怔地点头，"哦"了一声。尽管自己不惊讶于"受宠"，可是，此刻心里真的有种说不清的异样的感觉。心，怦怦地跳个不停。

不到一个月，我们就接到了文武君邀请我去兰州的电话，说将有十几家单位考虑入编之事。

我的高兴自然是不露声色的。去大西北、去敦煌……那是多么令人兴奋的梦想之旅啊！那是我多年的向往啊！况且，是这么一位聪敏俊雅、伟岸宽厚、谈吐生趣、脉脉含情的一位厅长、一位谦谦君子邀请我去的。尽管我在他面前总是心慌、心跳。

可是，主编刘大姐，毕竟 50 岁人了。人家哪里看不出，文厅长对我是"一见倾心"的喜欢？而我也是情不自禁地"心动"呢？她直言不讳地夸着文武君。说文武君"不仅相貌堂堂，还是甘肃大学毕业，刚 40 岁出头就是厅长了，多优秀啊！不知他家庭情况如何？"让我好好把握。

我反驳着："什么乱七八糟的想法啊！我是工作，哪跟哪啊"。我都面红耳赤了。

刘主编仍然坚持她的判断——"文厅长喜欢你，是真心的那种喜欢！而且这人很优秀……"

西去的列车，载着我度过了漫长的三天三夜。由于一路上的风景很单调，除了无边无际的大漠荒原，再就是似乎总也走不过去的火焰山似的贺兰山脉。

心情，因看不到生命的绿色，而变得灰暗；因未见那移动着的生活的色彩——如：城市的廓影；人流车流的涌动；道路桥梁的贯通；田野牛羊等而变得沮丧；更因贺兰山脉的满目嶙峋、岩狰石怪的魑魅感而生出惊恐！

我后悔极了，乘坐"西线"的这趟列车。

车窗是开着的。因为那时的列车，都没有暖气和空调。我于是可以胡乱地用相机抓拍"外景"。可是，那是怎样的"外景"啊！除了寸草不生的黄土高坡和住人用的排排窑洞，就是漫山遍野被黄沙覆盖的"不毛之地"。偶有几个人，在远处沙梁上劳作。他们似乎在挖着沙坑，栽着一颗颗细小的树苗。那些栽上去的小树苗，被风沙吹得东倒西歪。估计，成活率不会太乐观，而长成林木的可能性，更是微乎其微。可是，这里的人们，仍然在与大自然抗争着，试图改变这一切。可在大自然面前，人是多么渺小啊！

我有些感动，有想哭的冲动！至于是为这荒凉的不毛之地，还是为生活在这荒凉的不毛之地的人们，似乎说不清。

火车飞快地前移，那几个劳作的身影，眨眼之间变成了黄沙丘上的几个小黑点儿。

原计划在西安只待两天，于7月31日到达兰州。可我竟找了"充分的理由"待了四天。这四天只用了一天，就游完了始皇陵、兵马俑、武则天墓、华清池、捉蒋亭。

说实话，我对参观陵墓是避之不及的。但一日游这么安排的，只好跟着走。好在始皇陵是座大山，而且，满山遍野都是石榴果园，人又多，并不觉得"恐怖"。只是不理解，秦始皇若真的就埋在这山里面，那么，如此被千人踩、万人踏的，如何"为安"呢？倒是武则天墓有些荒凉。"无字碑"兀立着，四周杂草丛生，让人想起她活着时的辉煌和死后的凄清不成正比。有一种"荒冢一堆草没了"的感慨生发心头。接下来，导游给了两小时时间游览华清宫。我决定不参观了，想好好泡一回杨贵妃用过的温泉汤池。可是，很扫兴，只见那里一片"狼藉"。贵妃池被破砖烂瓦半掩着，花瓣形的汤池边缘已破损不堪。问管理员，说政府要拆掉重建。"到时会更漂亮的，来年你再来洗嘛。"我白了他一眼,心里说:"你当我是西安人哪!"

没办法,只好放弃。最后,我同一行人去了"捉蒋亭"。山景不太吸引我,倒是蒋介石为逃避抓捕,侧身挤过的山岩缝儿,引起了我极大的好奇心。

很多人都挤过去了,除了很胖的男人、女人。可我费了好半天劲儿,也没挤过去。我不胖呀,只不过三围凹凸有致。无论怎样憋气含胸,就差那么一点点,就是过不去。我很不好意思地回避着众人的眼球,"告饶"退下。心想,这个蒋介石,还真是好身材,也许是有胃病?消化吸收不好?要不怎么会既不胖又没有肚子呢?连那么窄的山崖缝儿,他都能挤过去。

第二天去过大雁塔、小雁塔之后,我连着两天去西安城墙上游览,观赏了两个方向。并不是多么思幽怀古,只是那城墙实在是保护得太好了。在上面散步,既有空阔怡然之感,又有居高临下之趣。远望之处,古今沧桑尽收眼底。何况,我也真有那么一点点乱乱的思绪,因"近乡情更怯",而扰我清宁,需我梳理。

8月2日，天下着小雨，我到了兰州。文武君一行三人打着雨伞接我。从他深沉的目光里，我读到了切盼、焦虑和见面的惊喜。而身后的那两位，也是用惊异的目光看着我。相互认识后，文武君笑着开了车门，把我让进车里。他的专车很大气，里面很宽敞。可能文武君身材魁伟，特别配给的吧。我和文武君坐在后排。严处长坐在副驾驶位置，于师傅开着车。

　　文武君关切地问我都去了哪里？一路顺利吗？玩得是不是开心，怎么晚到了两天呢？他谈笑自如地说着、笑着，似乎我回答什么并不重要。

　　我住在了他们系统的招待所里，是二楼。那时的招待所是不对外的，哪怕全空着。文武君让我休息一下，说晚饭为我接风洗尘。还说："先游玩几天，再工作不迟"。

　　兰州的气候特点跟哈尔滨很像。尽管是盛夏，只要下过雨，空气便十分的清爽宜人。平日也绝不会让你有汗兮兮、粘腻腻的感觉。我冲了澡，换上了两件套带暗点的乳白色连衣裙。还没完全收拾停当，文武君就来了。身后的严处长、于师傅怀里各抱两个大瓜。放下后，又下楼了。几分钟后又各抱两个大瓜上来，然后又下去。我很惊讶，看着堆在墙边的十来个黄黄绿绿的大瓜，笑着好奇地问："这是什么瓜呀？有点像我们那的西瓜呢。"

文武君乐呵呵地从纸兜里拿出一个托盘和一把切瓜用的长刀。严处长急忙将一个黄澄澄、圆溜溜的大瓜拿到水龙头处清洗一番。文武君亲自动手切开了那瓜。还边切边说道："这些瓜甜着哪，比西瓜可甜多了，你吃了就知道了。西瓜是可以消暑解渴的，可这'黄河蜜'和'白兰瓜'可能会解一点饿，但决不能解渴的。而且，说不定越吃越渴呢。"他平和地呵呵笑着，悉心地将那个"黄河蜜"切成窄窄的细牙儿。

我的好奇心大增，有些迫不及待了。严处长拿过两牙儿半寸宽的瓜递在我手上。我当时想，怎么切这么窄呢？吃着多不"解洽"啊！可当我吃到嘴里才知道，那瓜是太甜了，甜到不可以大口吃的地步。

我大惊小怪地吃着、说着："这瓜怎么这么甜啊？比糖都甜啊"！文武君笑看着我，也拿起一牙儿瓜吃着。

严处长说："这可是我们主任特意安排人，去外县唯一一处正宗白兰瓜、黄河蜜的产地买来的。整个甘肃其他地方产的瓜，绝没有这么甜的。今天我们借你的光，也有口福了。"他边说着，边看了看文武君。

我"一牙儿""一牙儿"地吃着，又吃了几牙儿切好的白兰瓜。虽味道各异，但都那么甜，甜得让人难分伯仲。

文武君笑着说："小李，不要再吃了吧，我们一会要去吃饭的。""嗯？哦！"我这才从有点专注的"吃态"中回过神来。

在兰州的半个月时间里，每天都能见到文武君，要么一起吃中午饭，要么一起吃晚饭。常常从下午到晚上一直在一起，要么去各个风景区游览、散步，要么安排其他活动。当晚说好，第二天下午一起逛小吃街。临别特意问我，是不是带了平底鞋？嘱我一定要穿上平底鞋，否则脚会累疼的。我答应着。

晚上回来后，将瓜吃个痛快。

第二天，我又用了一上午的时间，认真品尝那两种如灌了蜜一般甜的瓜。可是，左吃右吃，还是不知道哪个更甜？哪种瓜自己更喜欢吃。

我就这么吃着，直到发现嗓子被"糊"住了，不，是"齁"住了，再也吃不下去了，才住口。可是，已经晚了，嗓子"哈哈沙沙"的，连说话声音都变了，变成了"公鸭嗓"，而且是一只老公鸭。

紧张尴尬的我，只能喝水急救，却无济于事。害得我午饭也没去食堂吃。心想，下午他们来，看我这个样子，心里不嘲笑死我才怪呢。反正到时候我不说话，只摇头点头。结果，是把文武君和严、于笑破了肚子。我也常常掩口讪笑，拿眼瞪他们。

兰州小吃丰富多彩。什么"酿（读 rǎng）皮子""灰豆子"、羊肉泡馍、甜醅子、甜年糕、醪糟、软梨儿……让你眼花缭乱。

一路走过去，要么自己去买个什么，要么严处长或于师傅抢着为我买我想吃的。我尝一口这个，咬一口那个，虽然都提在手上，但肚子不知不觉已被填饱了。文武君禁不住地笑着，时不时地用怜爱的目光看看我。我偶尔也笑着对他调皮地扮个"鬼脸儿"。

该吃晚饭了，我们坐在一处"兰州拉面"馆门前的小方桌旁。从宽面到细面，四个人四样。我自然是要最细的那种。似乎是想考一考，那位当时在兰州大名鼎鼎的拉面师傅的手艺。结果是，那位师傅如表演般，用娴熟而优美的动作，快速将面条伸拉得比朝鲜冷面还细。那时，我是第一次知道，面条可以不用擀、不用切，又不用机器，就能这么匀、这么细。

文武君讲述着"拉面"的来历以及其他几样小吃形成的历史掌故。如一位长者给小孩子讲故事一般。我"傻傻"地听着、吃着。

　　第二天是周六，文武君说上午有个会，下午过来，带我去看黄河。我高兴极了，心里充满着期待。

　　刚吃过午饭，文武君就来了。我们驱车直奔黄河景点。

　　站在黄河边，我惊呆了！就听那黄河，真的是在"咆哮"，在"怒吼"！只见那一团高似一团的浪花，卷着泥沙，翻腾跳跃着向前奔去。那么激越勇猛，不可阻挡。我想起了"黄河之水天上来"的诗句。是啊，多么浩大的气势啊！似乎无论谁，站在它身旁，都能被激发出斗志、勇气和信心。我完全被黄河那不惧险滩、勇往直前、一路豪歌的精神所震撼、所折服！我感觉全身都激动得沸腾起来！

　　文武君背着手站在那儿（这是他一贯的姿势）凝眸远眺。见我有一会在那自言自语的惊呆状，便向我走过来几步，说："小李，怎么样？黄河比你想象得如何？和你家乡的松花江比起来，有什么不同呀？"

　　"哦！太不同了！黄河太汹涌、太磅礴、太张扬、太恢宏、太让人心潮激荡、太让人振奋了！我从来没见过这样的江河。"我惊叹着！然后，若有所思地说："如果把松花江，比作是一位优雅美丽的淑女，那这黄河，必是那深邃而又充满豪壮气概的男子汉了"！

文武君首肯地笑一下，说："比得好呀，不愧是诗人哪（我发表诗作的事，刘主编早'出卖'了我）"。说完，他扶了扶近视眼镜，回身很随意地看了我几眼。我从他的眼神中，感受到了一丝柔情。

我们在"黄河第一桥"旁照了相，又到"黄河母亲"雕像前合影。望着那堪称完美的"黄河母亲"巨型雕像，我不禁心潮起伏。

"黄河母亲"！多么亲切、又多么有历史凝重感的四个字啊！我知道，黄河流域，是中华民族的祖先，繁衍生息的发源地，也是中华民族古代文明的发祥地。千万年至今，黄河历尽沧桑，却仍然默默地流过九曲十八弯，竭尽全力地浸润着中原大地，养育着亿万的中华儿女。黄河，无愧是整个中华民族的母亲河啊！

我的心莫名地激动起来，同时，也生出一种崇敬感。

我仰头凝望着那雕像。

"母亲"雕像的面容异常美丽。长发如瀑，体态丰腴。她慈爱地看着玩耍在身旁的、健康快乐的宝宝。笑意融融的面庞上，充满着一个母亲发自内心的幸福感。不能否认，这座"黄河母亲"雕像，远远超出了作为"雕像"的艺术范畴。它是把黄河源远流长、忘我的奉献精神，还有作为母亲的那种伟大、无私的爱，全都完美地凝固在上面、深深地蕴含在其中了！

我走过去，用手抚摸着"黄河母亲"雕像，不知不觉的，心，有所触动。

我想起了自己的母亲。她是那样的美丽、善良，那样的以自己这个女儿为快乐和骄傲，以女儿的幸福为幸福，以女儿的不幸为心痛的牵挂！她多么盼望，自己最疼爱的这个，逃离不如意婚姻多年的女儿，能早日觅得如意郎君，结束让她日夜忧心的单身生活啊！可她却于三年前早早地离去了，最终也没能了却此心愿！

想到自己再也没有了母亲的疼爱和抚慰，心灵和情感再也没有了寄托；想到如今自己已经36岁了，却仍孑然一身……

我突然抑制不住自己，手捂面颊啜泣起来。

文武君有些不知所措的样子。

我忍住啜泣，停了一下说："没事的，我只是看到'黄河母亲'的雕像，想起异常疼爱我的去世的母亲了。"

我想避开他们，便绕到后面。因难过的感觉还没有过去，我选了个位置，靠坐在那，双手抱住"母亲"的雕像，闭目调整着自己的情绪。似乎也想借此感受一下，"母亲"带给自己的温暖。

可这个镜头，被文武君悄悄拍下了，并冲洗了出来。回来后，我把这张不怎么好看的照片，放在了影集的醒目位置。

文武君走到我跟前，怜爱地看着我，说："没关系的，不要太难过了！你母亲的在天之灵，一定会保佑你的。保佑你将来有个好归宿，不就行了？是吧？"我不知道如何回答他，也不敢看他。只是觉得听他的俏皮的说话声，还有他呵呵笑时，上扬的尾音，心里就喜欢，就心跳。

严和于走过来，他为我打圆场似的，对那两位除了合影拍照，便是在不远处"嬉闹"着的"陪同者"说："方才小李记者看到黄河母亲雕像，触景生情，想起已去世的母亲才流泪的。哎呀,真是诗人气质、性情中人呀!难得啊!"

为了次日去"五泉山"一整日的游玩,我们在黄河边上一家餐馆吃完晚饭就回去了。但没吃到黄河鲤鱼。文武君说多少年都没有了,可能是多种原因造成的吧。

每次送我回住处,都是大家一起上楼,有时还切瓜吃。但每次都是那两位先下去,文武君可以单独和我说几句话再走。说什么呢?无非关心一下、叮嘱一下,或看着我笑。偶尔也会很不见外地调侃一下、"戏谑"一回。而我情不自禁地打他的拳头,总是被他咯咯笑着接在手里。但每当临别时,看到他"生动"的眼神,我便会心跳神慌起来,就会立马"逃开"。而他总是呵呵的笑笑,叮嘱一句什么,然后再离开。

第二天一大早,三个人便来了。我们一起吃的早餐。然后就直奔"五泉山"了。

兰州真是个好地方。四面环山,又一面临水。黄河拥着城市,依山脚流过。无论向哪边看,风景都极其优美。远望"五泉山",苍翠茂密。亭台楼阁错落其间。登上五泉山的半山腰,便可尽览兰州全景。那可是一般城市所不具备的天然俯瞰视角啊！举目远眺，如画如梦。心，也随之升腾浩大开来，犹处虚静之中。

我们为多观赏一会儿这美景。特意坐在半山茶楼里，喝茶歇脚。文武君点了"三炮台"茶。我很奇怪这名字，也是第一次听说。文武君便娓娓道来此茶的掌故。盖碗的"三炮台"茶送来了，我见里面真的有许多果药，急忙端起杯浅尝一口，还没啥味道。

文武君笑着说："先别急着喝。待会儿冰糖化一点，茶和其他佐料的味道也出来了，就会很好喝的。"

结果是，一杯又一杯的，我喝不够了。那香醇沁脾的感觉，那清甜浓郁的茶香，让我怎么也不肯放下杯子起身出发。文武君也没辙了，只好笑着让严处长跟茶坊主人说说，买了几份"三炮台"茶给我，才算了事。

我们继续往山上行进。文武君一路走着，一边不失时机地为我讲着所见景观的名称、特点、历史沿革。当时山上的五个泉，有两个已经干涸了。走到"掬月泉""摸子泉"时，我十分感兴趣儿。直探头往不很深的泉底看了个够，想象月夜之时，泉水如何将月亮"掬于银盘"之中。"摸子泉"更有意思,人得进入十米深的古洞中,在一池清泉中摸索。摸到石头生男孩,摸到瓦片生女孩儿。"玩心"很重的我,真想下去摸一下,哪怕看一眼呢。可自己还是单身,"摸"什么"子"啊,真是有点难为情呢,于是,只好讪笑着作罢。文武君好像看透了我的心思,别有"寓意"地看着我笑。我只好躲闪着他的目光。

我们认真看了看洞口的对联:"糊糊涂涂将佛脚抱来,求为父母;明明白白把石头拿去,说是儿孙。"然后大家都笑了。

我们缓缓地向山上走去。山中的空气湿润而清爽。山路两旁的树冠,常常聚拢来,把人们头顶上的烈日遮挡在外,只有细碎的光影从枝叶间穿透下来,洒在小路上、人身上和面颊上,生成一种迷幻的美。不时地,还会有微风习习吹来,让人呼吸着更多的氧离子。上山的人们,不仅不会觉得疲劳,相反会感觉十分惬意。只是脚下的石阶,常有苔藓,一不小心就会滑一下、闪一下。而我穿的又不是旅游鞋,只得格外小心。

文武君走在我侧后一点,几次滑、闪,都是他扶住我。有一次,竟然险些倒在他的怀里。他呵呵笑着，叮嘱着。但都有点脸红心跳，都有点不好意思。可我分明已感受到了他那宽厚、温暖的怀抱，和他那丰润、有力的臂膀。我的心怦怦地跳个不停，紧张羞怯得不行。

如今，我才明白一位哲人的话："喜欢，是'随兴'的，一生可以有 N 次；而爱，却是'矜持'的，一生只有一次！"

终于到了山顶了。举目四望，视野大开。文武君站在一块平整的石板上，背着手，远望群山，大有高瞻远瞩之气概。

阳光很炽烈。本来我们因上山，早已累得汗涔涔的了，这会儿更有点热气蒸腾之感。于是，我们选了较背阴的几块石头坐下。我自然是和文武君坐在一处的。

他抖了几下三开领处的衣襟，是为凉爽一下吧。然后他说："这五泉山，我也有好几年没来了。"接着就指点着这里、那里，给我讲起当年 20 岁的骠骑大将军霍去病，是如何率万众骑兵抗击匈奴的。众将士是如何找不到水喝陷在此地，而霍去病又是如何箭射"五泉"解围大军的。

说实话,一开始,我不时望着他,很认真地听着。可听着听着,我就"走神儿"了。

眼前的这位面庞方正、丰润高大、器宇轩昂又不失儒雅的人,为什么总让我有异样心动的感觉呢?当然,绝不是他厅长的身份。他自成威仪,却平和处事。看得出,他的属下都很尊敬他,关系处得也很融洽。我知道,文武君对自己喜爱得不得了。一见到我,他就会一副情不自禁、喜笑颜开的样子,偶尔还有"羞怯"之态。但他说话做事很有分寸,想得更是细心周到。在他面前,我总能觉得温暖、舒畅、自在、放松,有被宠、被爱的感觉。他的身上无疑地具有我需要的父爱、兄爱、夫爱、情爱、友爱等一切值得依托的情感啊!可是……

我不敢多想了,轻叹一声,把目光移向远方。

文武君似乎发现了我的"走神儿",他扶了扶眼镜,呵呵笑着看着我说:"小李,在想什么呢?说给我听听好吧?""没想什么呀,在听你讲啊!"我有点窘的样子回答他,但没看他。他又笑了笑道:"不想说就算了,反正我也能猜得到。""啊?"我大惊一声。他又笑了,我也笑了。我笑时,有些不好意思地瞪了他一眼。

我装模作样地叹了口气说:"你呀,当厅长真是白瞎了!""哦?那当什么不白瞎呀?说来听听?"我用眉眼表情调皮地卖着"关子",然后,一本正经地说:"你应该当,中、国、第、一、导——游。"我故意把"游"字拖了半天才说。然后,忍不住嘻嘻哈哈地笑起来。

"哦?导游?嗯!第一导,不错啊!"他也呵呵笑着。

看着我调皮的样子,文武君停止了笑,用一种复杂的表情定定地看着我。那表情里充满了柔情、深情和喜爱。似乎也包含着其他很多的内涵。我知道,此刻,他"走神儿"了。

这时,那两位"跟班"连喊带叫地来到我们面前,递给我们一人一瓶汽水。还真是渴了,一口气喝了大半瓶,大有喝到当年霍去病箭射五泉的泉水之感。倒是不知他俩何时去买的汽水呢?

旁边下坡处,有小品式建筑被花树掩映着,是卫生间。我去过之后,文武君也起身去了。两个人见他走远了,神秘兮兮地凑到我跟前。严处长说:"李记者,你知不知道,我们主任非常喜欢你,他可从来不多看什么女人一眼呢。他喜欢你，你要心里有个数。""是吗？我怎么没发现呢？"我故意装糊涂。见我如此答，于师傅着急了，说："你没感觉到吗？我们'文局'是真心喜欢你呀，是真心的那种啊！你可别辜负他呀！"

两位的好心，让我感动。可我能说什么呢？我又怎么不知道他的心呢？可是……

我有些不知所措地站起来，看到二位认真发呆的样子，又忍不住想笑。

文武君回来了。该吃中午饭了，我们一起来到山中酒店"悦宾楼"餐厅。

喝着茶，等着上菜时，我忍不住又笑起来。

文武君边倒茶边问我："又在笑什么？这回一定得讲出来，不然要罚酒的。对吧？"他问着严处长和于师傅。他俩也应和着。

其实，笑的原因很多。只是此刻，我只想取其一为自己开脱，搞个小小的"恶作剧"罢了。

我笑嘻嘻地说："我称你为'文厅'，于师傅称你为'文局'，严处长称呼你'主任'，这让我想起一个故事。我又掩面笑了起来。

这大大引起了几位的好奇心，非让我讲出来听听。我想了想认真地讲起来，说："从前有个员外家的女儿，非常聪明美丽。但不幸的是，招亲那天，她把绣球抛给了一个傻子。这个傻子不说话还像模像样的，可一说话就'不对劲儿'。结婚后，回门那天，新娘子特别嘱咐新郎官，到了她娘家一句话也不要说，只可以点头答应，重复别人的话。傻子答应了，说决不说话。

刚进大门，娘家亲友就都出来迎接。大家一看，这不挺像样的吗？怎么听说是个傻子呢！娘家嫂子先跑过来，'哎呀，姑爷来了，快来见过咱妈。'新郎官一鞠躬，叫着'妈'。这时，二舅妈吵吵嚷嚷地挤出人群，指着娘家妈对新郎官说：'快、快拜见你老丈母娘'。新郎官又一鞠躬，'老丈母娘'。这时娘家三婶来了，拽过娘家妈到新郎官跟前说：'见过没有哪？这是你老岳母'。新郎官又一鞠躬，'老岳母'。完了，挠着脑袋说了一句话：'没看出来啊，这老太太小样不济，还仨小名呢！'"

大家全都哈哈笑起来。我更是笑得前仰后合。

文武君一边笑着，一边对那两位想继续笑又不敢笑的人说："一会记得我们每人敬小李三杯酒啊！三个小名自然得喝三个三杯了。""不行啊，我没有酒量的，喝完三个三杯就下不去五泉山了。"我急摆手说。"那我们三个人，宁可把你抬回去了。再说了，长着两个酒窝的人，哪能不会喝酒呀，对吧？"文武君边说边笑，他仨人一齐起哄。

席间，文武君说他的"司机是从局里调来时带过来的，叫惯了'局长'，到这也还这么叫着。而严处长是这儿的'老人'，过去的领导都称'主任'。还有两个处长，也是厅里调过来的。我是委、办、局都待过，所以，大家称呼得有点乱。不过，没关系的，都一样，习惯了。"

下午，我们在山上撞完了"泰和钟"，拍照完"半月亭"，又到"嘛尼寺"穿越了玲珑别致的依依径、仄仄门、重重院、叠叠园、曲曲径，我们便带着一天的快乐和疲惫下山回去了。

坐在车里时，文武君说明天他会很忙，只能晚上下班来看我，让我也好好歇息一下。

可次日上午，文武君一个人，匆匆忙忙地提个纸兜儿来了，说马上还要回去，是坐别人车来的。

他一边掏着兜里的几样东西，一边说："送你几件小东西，不知道你会不会喜欢。"

第一个盒里装着一个日本产的电子小座表，闪着金光。样子很特别、很可爱。表和座可以分离，而中间连接的磁铁钮既可前后左右转动，又可拿下来，我很喜欢。文武君又拿出一包，包成花朵样礼包的糖，说是酒糖，不能多吃，里面的酒是威士忌，会醉的。还有一个折叠在精致盒子里的漂亮的小镜子。旅行带着最好不过了，不会挤压碎。最后一个盒子较大。打开一看，竟是一台精致小巧的收录机。鹅黄粉嫩的颜色，很精致，声音非常好听，也是日本产的。我真是太喜欢了！

那时，市面上最好的"三洋"牌录音机，还比平放的两本厚书大呢，而且根本买不到。可这一个只有半本书大小。离不开音乐的我，终于有了自己喜爱的收录机了。我有点爱不释手了。

我轻轻地打开它，调到音乐频道。刚好播完了李谷一的歌。只听女播音员用悦耳的声音说："接下来请您欣赏电视剧《西游记》插曲——女儿情。"

那是一首情意缠绵的非常好听的歌。自己双手抚着收音机静静地听着，有些心跳和激动："鸳鸯双栖蝶双飞，满园春色惹人醉。……只愿天长地久,与我意中人儿紧相随。爱恋伊,爱恋伊,愿今生常相随。"

歌曲唱完了,我似乎还沉浸在其中。

文武君笑了笑,轻声说:"你自己听吧,我走了。"走到门口,文武君又小声叮嘱我说:"注意别让他俩看到,轻易别摆弄。那两个家伙,鬼着哪!"说完,文武君很欣慰地笑着看了看我,匆匆走了。直到晚饭时,他们三人来了。

我们在附近一家小店吃了饭后,便驱车不远,来到人工河边散步。那两个"影子"没跟过来,但完全可以看到我俩径直沿河边小路往前走。河边的垂柳比较稀疏,人很少,很幽静。他从兜里掏出一张照片说:"这一张冲洗出来后,我没想给你,真不想给你。你看这小子,怎么和你靠得这么近?真是不像话!"他很生气的样子。

问题很严重!

我急忙拿过那张照片,一看是严处长和我的合影,身后是一个黄河岸边的雕塑。他那天穿了件绿衬衣,很光鲜。两人都笑着(和所有人照相基本都很开心地笑着),不知道的人,还真会误认为是情侣照。因为,"严"和"于"都差不了我一两岁,属同龄人。而他侧身站在我身旁，大有呵护和欲拥抱之嫌。我很奇怪，怎么会照成这样子？他们和我照相，几乎没有站得很近的时候啊？包括文武君。

我看了一会，终于找出端倪，说："我明白了，因为相机的位置没在正前方，而是偏左了，所以把中间的距离，让他的站姿给掩盖了。"我又想到："这张照片好像还是你给拍的呢。""不会吧，我不记得拍过这样的照片。"他脸上还带有一丝愠色。

我知道，他嫉妒了。心中窃喜。

自从去兰州，每每有照满的胶卷，文武君便拿去，第二天就会把洗出来的照片和胶卷交给我。有时，还拿给我几个胶卷，不让我再买。

我和他有一句没一句地聊着，文武君终又恢复到"喜笑颜开"的样子。我喜欢看他这样子。

分手时说好，第二天下午，一起去雁滩公园赏雁。"赏雁？是大雁吗？"我高兴极了，文武君也高兴地笑着，并讲起了有关"雁滩"的历史渊源。

回到招待所，洗漱完毕的我，丝毫没有睡意。吃了几牙甜到骨子里的瓜后，我又拿出"藏在"抽屉里的几件"礼物"，挨个仔细地欣赏着、摆弄着。只是，对哪件都那么爱不释手。我掏出一块酒糖含在嘴里，感受着文武君带给我的甜蜜、浪漫与快乐！我想着文武君，想着他的一颦一笑、一举一动，他的话语、他的笑声，还有他的深情的目光……怦跳的心，油然生出一种前所未有的幸福感和满足感！

不知不觉的，我开始想他了。

第二天，风和日丽，艳阳高照。我们一行四人，又踏上了愉快的旅程。

文武君已给我讲了，雁滩公园之所以叫"雁滩"，那实在是名副其实的。他说，很多年以前，大雁迁徙时途经此地，发现此处水草丰美，景色、气候俱佳，便不愿离去。遂有成千上万只大雁留居此处，繁衍至今。我想象着能留住大雁的雁滩公园，一定很美、很美。

终于到了。"哇！雁湖好大啊！"我惊讶着。听文武君说，它占地一百五十多亩，呈如意形。湖边的垂柳和花树间次排列，显得美艳而宁静。我和文武君沿着湖边小路悠哉悠哉，边赏美景，边聊着说也说不完的话题。

突然，他问我："想不想听我的历史？""好哇！太想听了！"他不时回过头看着我，讲起他的经历：父亲是个工程师，母亲身体不好，在家照顾孩子。六个孩子他是老大。因他从小爱学习，成绩始终很好，还跳了一级。最终以优异成绩考入甘肃大学。毕业那年，正赶上"文化大革命"，父亲成了"臭老九"。邻居给他介绍了一个不错的女孩儿，却因他家条件不够好，人家不同意。这大大伤了他的自尊心，从此再不看对象了，只一门心思努力工作。想先立业，后成家。

29岁时，又有人给他介绍对象了。因他父母着急，就逼着他看了、处了。几个月后就结婚了，就是他妻子。由于他工作努力，口碑好，又总遇到"贵人"，仕途还算顺利，39岁时就晋升副厅级了。

"真是寒门出贵子啊！"我唏嘘着，若有所思地接着说："婚姻似乎是自己主宰不了的。相抗争，得付出巨大的代价啊（好像说自己呢）！不过你妻子可比那个女孩有眼力、有福气啊！"

他说："你想不想去我家看看？""想啊！看看你的生活、环境，看看你的书房，坐坐你平日读书思考时坐的椅子……"我一脸调皮地傻笑着，看着他，看着这个悄悄走进我内心深处的男人。

两排大雁雕塑就在眼前了。我望着展翅飞翔的大雁雕塑，脱口吟道："雁字回时，月满西楼！"不禁心中有些隐隐的感伤。

"这是李清照的词吧?"

我有些吃惊了!他怎么什么都知道?他学的不是文科啊?

他不紧不慢地接下去说:"自古至今,诗人的命运都不太好。但我相信,你的命运一定会好的。"

我摇着头。他不解地"哦"?

我说:"上帝在各方面都很偏爱我,唯独我想要的没给我!其实,我宁可什么也不会,也不好,只要那一个美好……"我不说了,不知道他是否听得明白,我看了他一下。

"哦!是呀!"他叹气似的说。

我走到雁雕旁,张臂仰头学大雁样,让他给我照张相。完了,他问我:"你会跳舞吧?怎么像舞蹈的感觉呀?"我说:"不像大雁飞吗?"他呵呵笑着,"像大雁在跳舞呀!"我躲过他调皮深情的目光,思忖着问他,"你说这大雁飞就飞呗,干嘛又变人字形,又变一字形的,而且变得那么整齐。别的鸟怎不这样变队形啊?比如天鹅、仙鹤、野鸭、海鸥……"

"这个嘛,还真没有研究过。我想,是它们的集体组织观念更强吧。""一派官腔!"我心说。刚要再说什么,"严"和"于"两位喊着叫着赶过来。严处长说:"主任,咱们划一会儿船吧,难得来一趟。今天天儿又这么好。"

"好啊!在水里汲着还凉快呢。"我高兴地说。

文武君见我高兴的样子,说:"既然小李想划船,那就划船吧!"

我和文武君一条船,"严"和"于"一条船。他俩在船里推拽了一会我们的船,就划走了。文武君没有划过船,觉得不会太难吧。在他的字典里似乎没有"难"字。但此时,他左划右划的,就是划不走船,船身只在原地打转。

湖水那么安静、平稳,没有顺流、逆流,多好划呀。我心里有些着急,开始指挥他。可是,船还是原地打转。心里说:"笨死了!你就转吧。"

他一直划不好,自己也忍不住笑,并自嘲地说:"看来,我要学的东西还很多呀。你看,划船这么简单的事情,我就做不来,它就不听我的,非让我出洋相!"船继续原地打着转。

我实在憋不住了,哈哈大笑起来。

可能我这一笑,文武君更用力了。左边一下,右边一下,直把船划得边左右摇摆、边打转。我已笑得说不出话来。

他有点着急的样子说:"你小心,把好船,千万别掉下去。"

"没事儿,掉下去也不怕,我会游泳啊!你会游吗?"我边笑边答。

"我呀,不会也没有关系。"他一边划着打转的船,一边认真地说。

"你可别没关系,我可不会救人呀!"我急忙说。

他呵呵地笑起来,有些调皮地看着我说:"你看见过掉在水里的皮球会沉下去吗?"

我一下子笑喷出来。

其实,文武君真的很胖。不,不是胖。是丰润、健壮。他的肚子也确实有一点点圆隆起来。他自嘲"皮球"也还有点根据。只是,我让他逗得、笑得有点不好意思了。

他故意找话:"你真的会游泳啊,那我可就放心了。"

"当然会。不信的话,我现在就跳下去游给你看"。我调皮地对他说。

"千万不要跳下去,你这一跳下去,雁湖说不准就要改名字了。"他似乎又得意的样子要打趣我。

我没明白，便疑问地："嗯？改名？"

"是呀，不能再叫雁湖了呀。"他卖着关子。

"那能叫什么湖啊？"我仍不解。

他笑笑说："叫美人鱼湖了呀！"然后就调皮而又柔情地笑望着我。

我瞪了他一眼，羞怯地笑着，将脸扭向一边。

他似乎很开心地看着我的样子，自己也很开心地笑着。

船，仍然在原地打着转，有时还扭几下"秧歌"。

太阳很炽烈地在头顶上发着威。已经下午三点多了，丝毫不退却一丝的灼热。我终于受不了了，将带有紫色花边的折叠伞打开，霎时凉爽了许多。但看见汗流浃背、满面通红的文武君就那么晒着，有些不忍，阳伞又遮不到他，我不知道该如何是好。

缓了一会儿，我说："让我划一下试试？"可他坚决不肯，还振振有词："不可以的，这是男人该做的事情，不能让女人来做嘛。再说了，这可是很累、很要力气的事情。我再划划应该没问题。我就不信，划不走它！"他仍然笑意融融地划着船，只是不看我。

　　我不语了，微笑着，瞧着对面坐得很近的，这位划不走船的男人。

　　今天，他没像前些天那样，总是穿着同一款式（长短袖不同）的衬衣。那衬衣一看就是定做的，小三开领，肩上有带扣的肩带儿，胸前左右有两个中间掐褶带盖的明兜儿。那种款式，他穿在身上很合体，也很好看，有一种说不出来的精神气儿。算起来，大概有四、五套了吧。

　　记得第一次见面在"哈洽会"上，他穿的是深驼色长袖的衣裤。当时挽着袖。来兰州后见他穿的都是半袖的，有浅驼色、青白色和浅蓝色的，裤子都是同样质地的。穿在他身上，很挺括，有种很威风的感觉。而今天，文武君穿的是一条浅青色裤子，上穿一件浅色带蓝格子的T恤，仍然让人看着舒服，又平添了几分朝气和亲切感。

　　不能否认，文武君是个懂得生活、热爱生活的人；是个仕途成功、博知多学、有品位又相貌俊雅的极品男人；是所有女人向往之，却可遇不可求的优秀好男人。可他不属于我啊！尽管我知道，他喜欢我，而且已深深爱上了我；我也喜欢他，也已深深爱上了他。不知为何,我们之间有那种初恋般的纯情和心动;有两小无猜的默契与和谐;有"心有灵犀"的相知、相通;有莫名其妙地快乐感和幸福感,两个人都那么吸引着对方。可是……

我轻叹一声,低下了头。

我的遐想,让敏感、睿智的文武君发现了。他不怎么划了,用探询的目光望着我,似乎也在猜想着什么。我害怕这种"猜想"。便笑笑问他:"怎么不划了?累了就歇歇吧。船,是可以不划的。"

"歇歇?那就歇歇。"

他松开船桨,望着我。我不敢看他了。只找话说:"你以前没划过船?""没有呀!这是第一次划船。要知道会这样,我就提前来练练好了。"

他又把我逗笑了。

"第一次。"多好的第一次啊!难得有第一次啊!他喜欢我的感觉、心跳、心动和情不自禁,也应该是"第一次"吧?我有一种满足感,同时,又生出了一种伤感。

我有些羞怯地抬眼看了他一下,可被他灼热的目光"烫"了回来。那目光太"热"了,完全能把我融化掉。终于,他回避了,有些羞怯的样子。

我们就这样想看对方，又都逃避着对方，带有几分尴尬地对坐着。过了一会儿，他拿起双桨，解嘲似地说："歇得可以了，看这回划得有没有点进步。"

船，最多前行半米，然后又原地打转。我打趣地说："就让船转吧，不就多摊几张煎饼吗？我们一会儿买点大葱就可以当晚餐了。"

"煎饼？大葱？当晚餐？"他好像真没懂，仍奋力地划着船。

我忍不住笑起来。对他说："不会划船原地打转，在我们那儿就叫'摊煎饼'啊！"他也咯咯地笑起来。

"你说严处长这小子是不是够坏的。大中午的，让我在这太阳底下划船'摊煎饼'。晒着不说，还看着我出洋相。"他一边摆弄那两只不听话的桨，一边笑着说。还不时抬眼望望不远处那两位。

我忍不住又笑起来。

终于，那两位划船过来了。见文武君满头大汗，也没敢太笑。把我们的船拖拽着划到岸边，扔下我俩就一人一船，飞快地划向码头了。

站在树下的文武君，浑身都快湿透了。脸上的汗珠也扑簌簌地往下淌。

我笑着急忙打开小挎包，拿出手绢递给他，让他擦汗用。可他不接，说怕弄脏手绢。我下意识地上前一步，抬手去擦他脸上的汗珠儿。

他突然在贴近脸颊处，用左手抓住了我拿手绢的右手腕，同时，声音低沉激动地叫了声"梦儿"……

我愣住了！两眼直直地望着他。在充满柔情和深情的对视中，我和他的呼吸都急促起来。终于，他闭上了眼睛，我也用力抽出手来。心，怦怦地跳不停，脸红红的不敢再看他。

我想，如果不是在光天化日之下，又没有那两对目光的"注视"，文武君会松开手吗？也许不会！他会把我一揽入怀……可是，没有也许。一切都没有发生。我只感到了爱的喜悦，还有被压抑的无奈和痛苦！

他第一次超过了24小时来看我。不知为何，我那么想见他，似乎又害怕见到他。直到晚饭后很晚了，他和于师傅才来。

我见他很疲惫的样子。还没问他，他便说是开了一天的会,有点累。可眼睛为何有红血丝呢?一定是一夜未睡好。

其实,我又何尝不是呢?晚上躺在床上辗转反侧,被内心不知何时生长出的爱情之花甜蜜着、困扰着;被内心的矛盾、痛苦折磨着。直到后半夜,才昏沉睡去。

他默默地切着瓜,递给我也递给于师傅。吃了一会,于师傅识趣地下去了。说是要买什么东西,一会就回来,在楼下等文武君。

屋里只剩下我俩了。他坐在椅子上,眼睛看着自己扭捏着的双手。半晌,才缓缓地说:"小李,来兰州吧。你放心吧,你的一切我都会安排好的。我的一切,也会安排解决好的,相信我。"他停了一下,接着说:"只是你不要现在回答我,考虑考虑再说,好吧?"他看了看我,很温情地。停了一下,他接着说:"别有压力,无论什么事情,我都会永远尊重你的意愿。你好好休息吧,我走了。"

我有种想哭出来的冲动!不知是因为他的话,证实了我心底爱的期盼,还是他如此郑重地将这难以决断的"难题"的最终决断权交给了我。我的心被复杂的感受猛烈地撞击着,有些激动、有些苦楚、亦有些幸福……

从这天起,他在众人面前仍然是谈笑风生的样子。可一旦我俩单独在一起时,就显得有点局促不安、手足无措,一副不好意思、不知说啥好的样子。我也只能故作镇静,装作什么也没察觉。我知道,他已深深爱上了我,很真的爱,亦如我爱他一样。

文武君是个心性坦荡的人。可是,情感与现实已在对决中,无疑地也给他带来了巨大的精神压力与疲惫。终于,在与妻子谈完离婚事宜那天晚上,他约了他无话不谈的老同学,在供销系统工作的知交好友侯局长。想对老侯诉说一下心里的不安和困扰。也想听听老侯对事态发展的揣测。毕竟他是最了解自己和自己家庭的人。这么多年,老侯没少为他家的不和谐操心费力、当说客。只是这一次,他和妻子没吵架。他只是经过认真思考多天后,做出的决定:和他妻子离婚。条件还是"净身出户",三个孩子归他抚养、教育,当然,三个孩子可与她同住,也可住奶奶家。还答应她,把她从服务公司的后勤部门调出来,安排个好单位。总之,最大限度地为女方着想。令他意外的是,他妻子很平静地同意了。只是叨咕着:"离就离吧,谁离开谁都能活!"这话在几年前生气吵架后,去街道办离婚手续时她也说过，可最后她就是不签字，还放了一句狠话："想离婚，除非我死了！"就摔门走了。

平日里，文武君工作忙，回家大多很晚，就是回来早了也说不上几句话，因为一旦说多了，保不准又会生出烦恼来。

这次文武君突然提出离婚，她似乎也早有心理准备，因为文武君近期回家更晚些，喜怒哀乐似乎也与她无关。她觉到了他的变化。只是她有一个要求，要见见他心里的那个女人。还保证不会和他吵闹，只是好奇而已。文武君承认了，也答应了。

喝着酒，闲聊了一会儿，文武君便谈到了离婚的事，老侯边夹着凉菜大口吃着，边很不屑地说："你离什么婚呀？又没有'相好的'逼你，就你心气那么高，若真离了，我跟你说啊，你只能一辈子打光棍儿、出家当和尚去了。"他放下筷子，拿湿毛巾擦了几下嘴和手，把红蓝格子衬衣打理一下，"再说了，你不是说过，为这仨孩子将就过吗？我看啊，你就继续将就过吧！啊？"

老侯以为文武君在家又吵架烦恼了，根本没在意，只管吃喝言笑。文武君无心接话，只是叹息着。

表情时而有些喜色，时而陷入茫然。他还不确定梦儿不会拒绝他，尽管他很自信；他也不确定他妻子能顺利地与他离婚，尽管他也做了各种思想准备。他自顾自地将杯子里的酒一饮而尽。复杂的表情被老侯看了个透。

"不对呀，老文，你不是真有心事了吧？这么多年我可头回见你这样，啊？干脆，说来听听。"

文武君说自己"确实遇到了一份美好的感情，是一见钟情、两情相悦的那种，是真正的爱情！只是……""啧啧啧！"老侯摇头晃脑地打断他"我说老同学，这不像你呀！你老文啥时候为女人动过心啊！"侯局长自顾地端杯一饮而尽，"千万别说'爱情'这俩字，幼稚、太幼稚！啊？"他凑近文武君跟前，"如果真喜欢，那就该当'相好'当'相好'，该做'情人'做'情人'呗，离哪门子婚啊，你？"

文武君摇着头，很无奈地笑了笑，"我不会做伤害两个女人的事情的。这跟你想的完全是两回事。"侯局打断他，继续发表着自己的"长篇大论"。归结起来就是，他老侯不相信"爱情"这东西。他让文武君冷静，别太认真，别把事情闹得不可收拾，给他的工作造成影响。并断言："你老婆不可能真同意离婚的，你想都别想了。"老侯边喝边摇头。

　　这也是文武君最担心的，脸上的笑容顿时被忧悒的神情所代替。只见他深深叹息着，很无奈地靠向椅背，用手拢着头发，像是自言自语："嗨！人生有些东西，是可遇而不可求的呀！我只要负起该负的责任和义务，为什么不能以一个自然人的身份，改变一下命运，追求一份属于自己的幸福呢？就是付出什么代价，也是值得的呀！可要是失去了，是会让人痛悔终生的呀！"文武君的表情有些苦楚，只见他将酒杯端起，一饮而尽。

　　两个人的谈话，一直在"扳道叉"。文武君没得到一点理解和鼓励。这让文武君心中更加沉郁、不安。

　　出了饭店，老侯仍千叮咛万嘱咐地让文武君慎重、冷静！然后，嘻哈着坐上他的车走了。

　　文武君让于师傅先回去，不用等他。他要一个人走走。于师傅答应着，却没有走，只是在不远处等着文武君。

　　乐观自信的文武君，此时内心有些纷乱、沉重。他踱到内河边，双手背立，仰望星空，也似遥望对面的群山。他想了很多、很多。

如今,他是站在了人生的十字路口,如何择诀,如何迈出走向幸福的这一步,此时,就像一道答案不确定的考题。

想起自己事业上很顺意,但家庭生活除了天伦之乐外,似乎少了许多其他的东西。可是,他是在乎三个孩子的,尤其是刚上一年级的小儿子。他即使下班回家很晚了,也要到他的床头看看他熟睡的样子,帮他盖一下被子。想到真要离开他了,不免心中一阵恻隐,泪水从眼角流出来。他摘下眼镜擦拭着。

想着命运之神一方面是多么眷顾他,让他遇见了梦儿;可另一方面,又是多么残酷无情地对待他,让他有了爱情,却要失掉亲情。他坐到河边长椅上,双手拂面,哀叹不已。终于,他抑制不住情绪的撞击,像个脆弱的孩子一样,他哭了。泪水恣意地从指缝间流淌下来。

过了好久,他终又恢复了常态。他想:"孩子终究是要长大的,要离开父母的,就如两个上学的女儿,现在就住校了,一周也只能见一回面。只要自己负起责任和义务,不让孩子感觉缺少了父爱,那么,他就仍不失于一个好父亲。他要用事实来证明,他对孩子的爱一如既往;用行动证明,自己对梦儿的爱是多么真心而美好！"他的心结终于打开了。

　　接下来的几天，文武君安排严处长、于师傅一同陪我去基层单位采访、取资料。

　　我是想一个人去的，可他说什么也不同意。说我太出众，不安全，他不放心。并规定，五点前必须回来，一起吃晚饭。

　　前两天是这样的，可第三天，那个中外合资的化工企业老板，说啥还要请我吃过晚饭再走。并答应早点吃，早点结束。不会让我们贪黑的。

　　严处长急得马上向文武君汇报，说厂长赶回来了，和经理非要请李记者再吃晚饭，不让走。电话是厂长办公桌上的，人也在。严处长不便多说，那边文武君可能也不太同意，他拿着电话僵在那儿。我给他打了圆场，说："吃饭用不了多久的，厂长回来了，正好有几个问题问一下呢。"

　　其实，我真不想在那吃，但没办法，只好这么说。此时，厂长高兴了。严处长鹦鹉学舌般地把话转过去，点着头，也高兴了。

　　由于路不是太好走，又离得远，到招待所已晚上

8点多了。没想到，文武君仍然背着手等在大门口。我的心隐隐地动了一下："这多像一个好丈夫，在等他最牵挂的爱人哪！"

大家一起上楼。严处长一句接一句地汇报着一切。还不吝词采地夸赞我的工作能力、受"爱戴"程度。话里话外是说，他佩服我，佩服得五体投地。于师傅也抢着说，今晚大餐上的大龙虾，至少让严处长吃了一半。

文武君笑着，想了想说："不行呀，这么辛苦！明天不要去了。我打电话，让他们把相关材料送来，小李就在招待所看材料写稿子就行了。材料用完，再让他们派人取回去好了。"

我就这样，免去了"舟车劳顿"之苦，风不吹日不晒的，每天在屋子里看材料、写稿子。但每天都能见到情不自禁、喜笑颜开的文武君。

记得一天晚上，下着小雨。因为没法散步，我们便去了军区游泳馆游泳。

正如文武君所说："当过海军的于师傅，进了水池就像鱼进了大海，一下子就没影，过会又不知从什么地方钻出水面。"

总之，他游得非常好，尤其是潜泳。他很会

"憋气",可以在池底爬行很久。要是谁掉了什么东西,让他打捞,准没问题。

严处长游得也不错,只是不会潜泳。说自己"吃鱼泡吃多了,肚子里有'泡'了,所以沉不下去。"严处长总是绷着脸逗趣,让人忍俊不禁。

游泳馆的水有点凉。我下不去,只好坐在池梯旁,用两脚慢慢适应着水温。同时,用手不断往身上撩着水。

文武君靠在旁边齐腰深的水里微笑着看着我。

我有点羞怯了。因穿着泳衣的自己,前胸后背,尤其腿和手臂,全都白花花地裸露着,丰腴的曲线也彰显无遗。好在泳裤部位是被一圈花边裙摆围裹着,感觉还含蓄些。我的心怦跳着,却只能装作很自然的样子。我调皮地笑笑,看了看文武君,便从池梯上一凳一凳下到水里。在淹到胸部时,我凉得一声"惊叫",顺势"跌"进水里。

文武君大惊!以为我"失足",便一步跨过来。手臂用力托住我的腰部,直把我"托"得站了起来。我本想直接仰泳游走的,却被他给"托"得站了起来。我有点哭笑不得,擦了几下脸上的水,嗔怪地随手拍了拍他露出水面的、有些圆鼓鼓的肚皮,笑着游走了。再看他时，他还在那一边拍抚着自己的肚皮，一边呵呵笑着。

我游回来时，很认真地对他说："你的肚子该减肥了。这对身体有好处。"我一边摘下进水的泳镜甩着水，一边说，"今后嘛，酒要少喝点儿，宴会要少去点儿才行。"

文武君看了看我，又看了看他的肚皮，笑笑说："我也想减呀，可怎么减呀？"他摇了摇头，有点无奈的样子。

于师傅游过来，也加入了此话题，还抢着说："文局不光工作累，应酬更累。上级来检察工作要摆酒宴，下级来汇报工作要赴酒宴。各厅局领导之间也有很多名目的酒宴……哪一个不去也不行，哪一次喝不好、吃不好，那都不行啊！让文局减肥，真的挺难呢！"

"那怎么办？那你吃点可以减肥又不伤身体的保健品吧！或者找老中医开个偏方！"我态度认真地强调着。

文武君用异样的目光看着我笑，手还在肚皮上拍打着。我瞪了他一眼，心里说："不理你了！"侧身一蹬水游走了。于师傅也游走了。

文武君游得不算太熟练,所以他的活动范围只限于浅水区。只见他偶尔游一下,游出二、三米远就赶紧往回游,然后,就靠在池边,笑着看我们游。而我每次游回来都会停下来与他说会儿话,而每次都是他摧我去游。他说我"在水里面不像是游泳,像在玩耍、戏水。翻身打滚、优哉优哉的。一会仰泳、一会蛙泳自由泳的,不紧不慢的。看着不但不累的感觉,倒像在水里休息呢。"

我看了他一眼,有些撒娇地对他说:"快游是需要体能的,人家不行嘛。这样游多好啊,又放松心情,又放松身体,是最好的休息啊!"

文武君怜爱地看着我笑。我又调皮地拍了一下他有些圆鼓的白嫩的肚皮,瞪了他一眼。转身游走了。

那天游完泳,大家都有点饿了。我们一行四人便又去逛小吃街,吃夜宵。

可能是刚刚下过雨的缘故吧,那家著名的"醪糟"摊前排队的人不太多。严和于便去排队,我和文武君坐在凉棚里等。

终于,我们几人各捧一碗兰州当时最有名的"醪糟",连吃带喝起来。

"太香了!太浓了!"我不禁赞叹。又有些好奇地问:"都是一样的料,一样的做法(都是现场做),为什么他家的就比别人家的好吃呢?"

严处长抢着答:"可能是你说的'酸汤、酸米'不一样吧。"

问他们"酸汤、酸米"的做法,竟然连文武君也说不清细节。末了,他笑着说:"想吃就来这吃嘛,难不成你还要自己做?"

"就差'酸汤、酸米'了,其余的什么牛奶、鸡蛋、碎花生仁、葡萄干……只要按次序下锅煮就行了,多简单呀!你们怎不学学呢?这么好吃,又不费事。"

"学,学,下次来,让你吃我们做的'醪糟'"。"严"煞有介事地边吃边说。把大家都逗笑了。

文武君看着掌勺的那位白胡子老人说:"那位老先生也有 70 多岁了吧?应该是做了一辈子了。可你们看,其他做醪糟的多半都是中、青年人,肯定会有技艺、经验方面的差距呀!"

大家一起唏嘘着有关小吃的事,直到驱车返回住处,也没能换个话题。但不能否认,"醪糟",是所有兰州小吃中,我最爱吃的一种。

第二天，天气非常晴好。吃过午饭，我又吃了几牙瓜，便开始认真整理上午刚写完的一篇稿子。没过多会，文武君就来了，笑吟吟的，很高兴的样子。我发现，文武君前额上的头发烫了几个大波浪卷儿。配上那套浅色衣裤，加上他的满面喜色，活脱脱一个新郎官。这让我感觉有些心跳和不好意思。刚要打趣他"像个新郎官"，可话到嘴边，忽觉不妥，急忙掩口。

　　我敛住笑，没敢再看他，便把切好的瓜，还有在火车上买的没吃完的瓜子，摆在他面前，说："你先吃会儿，这篇稿，我还有几句话就写完了。"说完，我又投入到写稿子的状态之中。

　　他吃着瓜子，可能没少拿眼看我。忽然，笑嘻嘻地说："《红楼梦》里有一句话是怎么说的？'娴静犹如花照水，行动好比柳——风扶——风扶柳'。"他有时是哼唱着想词的，"这是形容谁来着"？

　　我忍不住想笑，抬头瞥了他一眼。开始打趣他："没看出来呀，大厅长还会唱越剧呀！"

　　"是呀，会几句。越剧《红楼梦》多好听呀。"他承认会唱。

"那你再唱两句呗，"我有点撒娇地笑着说："我想听"。

他呵呵笑着，看着我说："那要是唱不好，不许笑话我。"我笑着点头示意。

他向前探过身子，两眼直看着我，小声唱到：

"天上掉下个林妹妹，好一似青云刚出岫……"

他虽然用唱歌的方法唱的这句越剧，但他的声音真的很好听。很有磁性。

我的心情有些激动起来，不知是什么原因。只见他目光调皮、但不乏温情地看着我。我真想捧过他的脸，贴在自己的脸颊上。可我不能啊！我回避着他的眼神，羞怯地别过脸去。

是啊，他多像我的宝哥哥，我又多像他的林妹妹啊！可他早已娶了"宝钗"为妻了！和林妹妹终是悲剧、终是无缘啊！

我想着，似有一种哽咽要涌出来，我深叹了一口气。

"怎么啦？我把林妹妹唱忧伤了？不会吧？"

"没有啊,我被你惊到了!你怎么会唱越剧呢?没想到。不过,你唱歌的声音很好听。"我有些不自然地看了他一眼,"能给我再唱一支歌吗?"我边翻弄材料,边掩饰内心地对他说。

他呵呵笑着:"以后有机会吧。"

"那你先吃点瓜吧,我马上就写完了。"

我轻轻长吁了一口气,又回到写稿子的状态中。

他似乎看了我一会,突然咯咯笑起来:"旁边坐着这么个大活人,还捣着乱,还能说静心就静心地写稿子,真是服了你了!"

至此,我才恍然大悟。他就是故意捣乱不让我写的。

"你烦人!"我抬起拳头捶向他的胳膊。他照例用手心接住,呵呵笑着。他的笑声很好听,声音是向上跳跃的。听他的笑声,我就会很愉悦,就会心跳。

他说:"出去走走吧,别老在屋子里写稿子。他俩都在下面等着哪。"

"好!哼!"我瞪了他一眼,同时对他的"捉弄",表示抗议和服从。

我进到洗手间,想打理一下自己。当时,几乎是没有化妆品的,只有护肤品,而且很简单。我轻拍了几下"玉容粉",把头发束成一个蓬松的发髻,认真地欣赏自己一番。可能是方才跌宕起伏的情感使然吧,只见满面红晕犹存。对镜的一刹那,竟被自己的美丽惊呆了!看着自己"眉黛若翎;明眸动人;樱润的巧嘴;白嫩的肌肤;娇美的容颜……"竟不禁更绯红了脸颊。思索间,竟占得几句自画像诗句:

"柳眉凤眼自娇嗔,丽质天生不效颦。
回眸浅笑千君醉,夜半焚香祈月神。"

简简单单的几句诗,忽让我惊讶,这分明与黛玉、西施、杨贵妃、貂蝉有关呀!可这美中含忧的诗句,只是自己的无意之笔,随心一念啊!

我回屋将口占的"自画诗"匆匆记于草纸上。文武君见我神态有点"怪异",非要看不可。我坚决不允。可是,还是被他软求硬拽地拿去看了。

他笑着看完后,定定地思索了一下:"好一个'自娇嗔''不效颦''千君醉'呀,把你的特点都写出来了。而且是形容得又生动、又准确。还是自己了解自己呀!"他笑呵呵地看了看我,"放心吧,月老一定会答应你的请求的。呵呵呵……"他笑着看着:"这四句其实也是'四美'呀……"

我真的要"崩溃"了!在他面前,我怎么成了玻璃人了呀!

我们沿小西湖公园的湖边小路向前走去。开心自如地谈着说也说不尽的话题。中间欲照相时,竟有路人主动帮忙。那些人热情的表情告诉我,他们认定我俩是新婚佳偶了。

"男同志往女同志这边靠一靠,再靠近一点,好!"那人极认真、热情地为我们拍照。待照片洗出来才知道,文武君的左胳膊虽然根本没碰到我,只是挡在我身后,可从照片上看,实在很亲密。我的表情怪怪的,是想笑没笑的一种扭曲。文武君倒是笑得风采依然。

拍完照,我们谁也没说话,只是不时看一下对方。可有情人的眼神,是藏不住秘密的,只那一瞥,便能让对方读到心里去。

见我抿嘴不语,仪态有些娇羞的样子,发卷弯曲、满面喜色的文武君,竟自顾自地朗声笑起来。那笑声的尾音,是向上跳跃的。我不无撒娇地瞪了他一眼,又抬起拳头打向他,可被他机敏地躲开。我没能"出气",只好扭转身不理他。文武君笑过之后,柔声地问我:"我们坐在石阶那歇一下吧?"我点头应允,与文武君并肩坐在柳树旁的石阶上。

斜阳暖照,湖水澄明。湖光山色就环绕身旁。远远近近的,不知在哪里偶尔传来几声蝉鸣。

我随手折下一条垂挂在身旁的柳枝拿在手里,时而嗅一下它的清香。终于,我把包塞给他,认真扭起那柳枝来。一会儿工夫,就从树皮里抽出枝条,将软软的筒状树皮,三缠两绕地编了个指环。我抓过文武君的手,戴在文武君的食指上。文武君笑着看着,同时,将指环挪到大拇指上,说:"指环是应该戴在这里的"。我右手托腮,一副调皮的样子看着他。

过了一会,他边摆弄那个指环边问我:"你会跳舞吧?"不待我答,又接着说:"今晚局里有舞会,想不想去跳舞?"

"好啊!当然想去了!"我一脸的喜悦。

文武君也高兴地说:"那今晚,我们就去跳舞吧。"

我们匆匆往回走了。

晚饭后，我回招待所换上了漂亮的衣裙和高跟鞋，与文武君一行四人，来到了他所在系统的大礼堂。

在当时，举办舞会，全国各地都很盛行。这里也是每周三次举办舞会。一方面是一种交流和娱乐，另一方面，也是一种锻炼身体、放松心境的最好方式。

由于这儿的大礼堂很宽敞，装修得也不错，有旋转的霓虹射灯，而且不仅仅是放录音，至少有一半的曲子，是由乐队亲自演奏的，音效又好，所以，来此跳舞的人很多，附近各委、办、局的人都有。

文武君是省直机关业余舞蹈班的老师——他的司机于师傅，悉心教出来的。舞步很标准，舞姿很潇洒。加上他特有的气质、风度，更显大气优雅。

我们一进大厅，便吸引了众多人的目光。有许多人向文武君摆手、点头、打招呼。然后，便齐刷刷地把目光转向了我。我有些羞赧之态，毕竟在文武君身边，又众目睽睽的。

我那天高盘发髻，身穿一件果绿色乔其纱和真丝混纺的、长款开襟连衣裙。那连衣裙产自上海，样式很别致、很时尚。盆领不很宽，一直交叉延至胸前部位。没有扣,只是在腰部连出两条带子。一条从里面中腰缝口处穿出,并拽过侧裙襟。另一条从外面连襟裹向后腰,然后便可从后面系在一起。由于内侧偏襟下方,有一扣带与侧边相连,所以,无论风吹还是转圈,裙摆都不会无遮拦地张开。

我那天稍松一点地系住两条长带子,只是怕太凹凸、太性感。但造成的朦胧感,又把人显得很婀娜。看大镜子里的自己,还真是很飘逸、很有美感。难怪周遭的眼球差不多都被吸引了。文武君似乎没在意到什么,仍亲切、自如地揽着我,跳着慢四、慢三、快四、快三。

我夸着文武君:"真没想到,你舞跳得这么标准、这么好!"

文武君笑笑说,他"原来也不太会跳舞,不是踩到对方的脚,就是让对方踩到脚。没办法,用了好多天的业余时间跟于师傅学,才敢下舞池的。"他看了一眼严处长,接着说:"严处长就很聪明,也没学,就什么舞都会跳。于师傅给他挑毛病,他是绝对不服的。平时他俩也是嘻嘻闹闹的,就像两个小孩子一样……"

我笑着望望严处长,他正和一位比他个子高的女士跳舞，自己还低着头，样子很有点滑稽。我忍不住笑起来。可能我们的开心影响到周遭吧，大家都很开心地笑着，不时扫视一下我和文武君。

到华尔兹了。文武君说他歇一下，并示意让他的老师——于师傅和我跳。

于师傅舞步很标准，跳得自然又洒脱。直让我的喇叭式裙摆，左右飘曼开来。文武君和许多人一样，几乎目不转睛地用欣赏的目光看着我们。因为从下场开始，于师傅就一直托着我转，直到整个华尔兹曲子结束。好在是一会正转，一会反转的，不至于让人眩晕。可那华尔兹舞曲实在太长了，很多人都不跳了，只看我俩跳。弄得我和于师傅，如示范表演一般。

终于跳完了。文武君一直笑着看着我们，手里拿着的那把不知谁递给他的扇子，有一搭没一搭地扇着。见我走过来，便笑着把扇子递给了我。

严处长走过来，煞有介事地推搡了于师傅一下："你也太过分了，哪能一直转呢？你不累，人家李记者不累呀？人家穿的可是高跟鞋呀！你小子太过分了！"

"行了吧你，我看你是嫉妒了吧？人家李记者跳得轻盈着哪！"

我很泄气，心想："还轻盈呢，那可是用'劲儿''绷'着哪！要不是我小时候练过舞蹈，有点功底，早被他转散架子了，不累才怪呢！"

文武君笑呵呵地对于师傅说："怎么样？今天是不是遇到对手啦？"

于师傅抹了一把额头上的汗说："跳了这么多年的舞，我就没遇着过像李记者条件这么好，又跳得这么好的舞伴！跳得好！跳得好啊！"

我笑笑说："不是我跳得好，是你'带'的好啊！"

这时，有几个机关领导模样的男女，走过来和文武君打招呼。问文武君："怎么好久都没来跳舞了呢？是出差了吗？"其中一人很熟络，后来得知是文武君的大学同学，姓侯，关系一直非常好。

文武君谦和地笑着，对大家说："没出差，只是最近事情比较多。"说着，下意识地看了我一眼。他们正聊着，舞曲又响了，是"伦巴"。

严处长上前一步对文武君说："主任，你再坐会，我请李记者跳伦巴。"

文武君笑着点头，并以手势对我示意。

严处长跳得很熟练，动作很有点"拉丁范儿"。

我们跳得很随兴。时而张开一臂，时而旋转两圈。有时步伐"相"住了，彼此都能很快随应。

跳完回座后，我夸他跳得好。他马上说："好啥好，竟'顺拐'了！和你这'舞后'级的人跳舞，太紧张，都不会了！"

我和大家都忍不住笑起来。

那天，我和于、严各跳了一支舞，其余都是和文武君跳的。

舞曲又响了。文武君温情地问我说："累了吧？要不要歇歇？"

"没事。"我笑笑站起来。心想："慢步"就是可以一边跳，一边歇的嘛。

可能这晚舞池里，多了我这个与出类拔萃的文武君跳舞的"不速之客"吧，乐队的演奏员们很卖力气，个个满头大汗还在坚持。

灯光忽然少了一些，立时让人感到一丝静谧。心，也随之沉静下来。一曲悠扬抒情的《一帘幽梦》，在萨克斯如咽如诉的演奏下，更显得异常撩人情愫。

我的心，忽有所动。听着这首似乎能疏解"心语"的歌曲，望着眼前，亲密地拥着自己的这位浑身充满魅力、令自己无法不神往的男人,竟然——悲从心来!

"谁能解我情衷?谁将柔情深种?
若能相知又相逢,共此一帘幽梦……"

我在心里哼唱着,不时望望深爱自己的文武君。内心时而甜蜜,时而酸楚。我陷在复杂的情感里,轻轻叹息着!竟不自觉地将头歪向了他的肩头。就在将要靠近的那一瞬,文武君一下子把我拥紧了。我一惊,忙抬头四顾。下意识地用手推他,悄声说:"有人在看我们呢!"

文武君深情地看着我,什么也没说,只是叹息一声,同时,手臂稍稍松了一下。

不知为什么,看着他深情复杂的表情,我的心,有些隐隐的难过起来。已有泪要涌出了!

为了掩饰这复杂的心情,我轻叹一声,迅速调整着自己。

我望着文武君半调笑地说:"我很喜欢这首歌,也会唱。我唱给你听?"

他点点头,笑了一下,同时手臂又拥紧我一下。

"我有一帘幽梦，不知与谁能共。
多少秘密在其中，欲诉无人能懂……
春来春去俱无踪，徒留一帘幽梦……"

　　我随着动听的音乐，轻声为文武君唱着，几乎忘了旁边人的耳朵和眼睛。终于，因有些哽咽，我停住了唱。文武君长叹一声，把目光移向别处。但臂弯却紧紧揽住我，怕我跑了似的。

　　我几乎依偎在他的怀里。时而深情地望望他，时而幸福地闭上眼睛。闻着他特有的体香，感受着他宽厚的胸膛和温暖的臂膀。我陶醉了！这是个无法不让我深爱的男人啊！这是个我多年等待、期盼的男人啊！可是……

　　我忍住有些酸楚的泪，不敢再深想。

　　那天晚上，我怎么也睡不着了。我起身仰望那半轮明月，似有千言万语想与之诉说。可是，说什么呢？器宇轩昂，优雅智慧的文武君，已"偷"走了我的情、我的爱、我的心！可他不属于我啊！我该怎么办？我该怎么办啊？泪，悄悄溢满眼眶，一丝隐痛掠过心扉……

终于，一夜辗转反侧、心中亦喜亦悲的我，早上没能起来床。我发烧了。

我支撑着自己，下床打开箱包找药。穿着半袖长款睡裙的我，忽觉浑身冷瑟得发抖。我将洗漱间的大浴巾，拿过来披在肩上。头沉沉的，勉强将药喝下去。我偎在被子里，再也不想动一下。

临近中午时，于师傅来送稿件材料，才发现我病了。他拎起暖瓶摇了一下，便急忙出去，到服务台换回一暖瓶开水来。他为我倒了一杯热水，嘱我多喝水，便匆匆走了。我继续昏昏沉沉，似睡非睡。不知过了多久，听到敲门声。我"醒"过来。因门没再反锁，便没下床，只说了一声"请进。"

文武君来了，风风火火的样子。身后的于师傅两手提着几瓶水果罐头和一包点心。

文武君急切地走到我旁边，询问我的状况。他又用手背摸了摸我的额头。问我"吃药了没有？一定没吃早饭吧？是不是昨晚跳舞太累了，又出了汗，被凉风吹着了？都怪我，我们歇一下，不急着出来就好了。"

他一边说着，一边回身将那纸包拿过来打开，是长白糕。他把水杯和长白糕递给我，同时叨念着：

"空腹吃药怎么行呀？胃会难受的。赶紧吃一点东西，人也会有精神一点儿。"见我吃完那块长白糕，才把于师傅刚刚打开的一瓶桃罐头拿过来。他用水果刀将里面的大块桃子切成小块再递给我。我突然胃口大开，就想吃那罐头，尤其是里面的糖水。我吃了两块桃，便大口大口地喝起罐头汤来。

"哇！好爽啊！"只觉得心里顿时清凉起来。人也不那么沉重了。我披着大浴巾，坐靠在床头。文武君怜爱地把被子向我身上裹盖了一下，坐在旁边椅子上，微笑着定定地看着我。

坐在一旁的于师傅看了一下表，问文武君："文局，该吃中午饭了，是回去吃？还是怎么办？"文武君回身对他说："小李病了，我们就陪小李在这吃吧。你下去到旁边那家面馆订几碗面，让厨师多放一点姜，小李的那碗要加个荷包蛋，端上来吃，然后再把碗给他们送回去。"我一直在拒绝，让他们出去吃。可文武君就像没听见似的，根本不理我的茬儿。

于师傅下去了。文武君温情地对我说："病了一定要多吃饭，这样才有抵抗力。要是出了汗，你的病就好一大半了。"

"没事了！好多了！"

"不行，你得出了汗才行。"他说着，又把被子往上盖住我。

"热！"我抽出双手，撒娇地说。

他笑了，认真端详地看着我。忽然他又不看我了，下意识地抓住我的手，半握在手里，轻叹一声，不知他在想什么。他又抬起我的手，下意识地贴在他脸上，然后又放下，还那样抚握在手里，一副全然不知的样子。

一种说不清的复杂情感，涌过我全身。我只觉得呼吸有些急促，似也有点哽咽。一汪泪水就要溢出眼帘。我拼命想咽回去，可无济于事。我假装弄一下头发，悄悄将眼泪擦去。同时，回避着抬头看我的文武君。

他又下意识地摩挲着我的手，半晌，他笑笑说："没事的。想些开心的事，病就会好得快些。记着一会多吃些汤面，等汗发出来，病就会好的。"他起身为我的杯子加热水，并端过来让我喝。同时叮嘱着："小心，别烫着！"

于师傅端着托盘回来了。盘里有三大碗兰州拉面，其中两碗面上各有一个荷包蛋。文武君将一张报纸拿过来叠了几下，铺在我面前，然后将一碗鸡蛋面端给我。他刚要端起没有鸡蛋的那碗面,却被于师傅抢过去。他只好将那个荷包蛋夹成两半,非要再给我一半。说实话,文武君对我的关爱,早已成了下意识动作和反应。几乎是无所顾忌、自己不觉得的那种状态了。那半个鸡蛋被我俩推来推去的,最终还是落在我的碗里,并"勒令"我全部吃掉。

终于吃掉了,又喝了许多面汤。脸色红润起来,汗珠也开始滚落。一会儿工夫,我就大汗淋漓了。

文武君很高兴、很满足的样子,笑呵呵地看着我。

因为下午文武君有会,他让我睡一觉,等他开完会就过来。如果我好了,就带我去逛小吃街,一起去吃"醪糟"。我很乖地笑着点头。

他们走了。至此,我才发现,自己好像全好了。不烧了,头也不疼了。浑身也轻松了许多。到底是那半瓶罐头汤起的作用?还是药的作用?还是荷包蛋汤面起的作用呢?也许都是,也许都不是。应该是文武君的真情关爱,给了我精神上的安慰与满足吧!而心里的甜蜜感,是胜过任何药效的。

晚上没出去逛小吃街。文武君让我再好好歇息一下,说第二天晚上再去。我们四个人一起在食堂吃的。我发现，那天的粥菜特别的清淡可口，好像是特别安排的。有咸菜、咸鸭蛋，还有一盘凉拌的青椒土豆丝，外加一盘炒花生米。我很有胃口地喝着粘稠的二米粥，吃着咸鸭蛋。

次日醒来，我已是精神焕发。吃过早饭，便认真投入到稿件整理的工作中。我把每个单位的材料和稿子都审阅一遍，然后用订书器分别订好，夹进文件夹。如果哪个材料不全或哪里需要补充，也都记在扉页上，一个一个进行处理。一天半下来，所有稿件基本完成。

这天下午，文武君来接我。他说天气有点凉，让我穿厚一点的衣服。

我打开旅行箱，取出一套三件套（喇叭式长裙、背心加系扣的披肩小斗篷）的暗绿色针织棉线套裙，示意给文武君看。他用手摩挲一下说："这件厚一点，应该暖一些。就穿它吧。"他说他下去等我，让我换好衣服就下来。

我把这套自己十分喜欢的、有点欧式的衣裙套在身上，却在高跟鞋和平底鞋的问题上犯了难。穿平底鞋吧，和衣裙不搭调，有点像男人穿西服扎领带，脚上穿胶鞋的感觉。可是，若穿高跟鞋，饭后散步，脚会很累。我犹豫着,将鞋试来试去。最后,还是以美为上,穿了高跟鞋。

小西湖公园很别致,有四个小湖。环湖的小路很长、很幽静。我们并肩悠闲地走着、说笑着。心中满满地盛着愉悦感和幸福感。早已不知不觉地忘了"拘谨",失了"戒意"。两人总是笑意融融的,仿佛天地间只有我们俩,没有身外世界。文武君不时回身望一下我,脸上挂着惬意的笑。我也感觉我们的心,越走越近了。近得让人紧张,让人心跳,还有丝丝的甜蜜。

路旁的柳树很高大,枝蔓从高处瀑泻下来。文武君不时用手拨开挡住我们的枝叶。惊起的鸟雀,呼地飞来飞去,偶尔也传来几声脆鸣。

太阳红红的,斜挂在天边,映照着美丽的景色,也映红了我们的脸庞。

我们就这样走着。

终于,我忍不住双脚传导给我的疼痛感,龇牙咧嘴地奔向一块大石头,擦也没擦一下,便坐上去,抬直双腿,轻轻击打着,一副告饶的样子。

文武君看出是我的脚累疼了,不无关切地说:"哎呀,一定是脚累疼了吧?"看我一脸的痛苦状,他又笑笑说:"这就是美丽的代价呀!"。

他四外看了一下说:"咱们去那边的小亭子里歇一下吧,坐着也舒服些。"

我的脚还疼着,不想动。文武君却不由分说地拉起我的手,"坚持一下,也就二十几步远,到那再好好歇一下。"他还牵着我的手。

我知道,文武君对我早已是情不自禁、甚至是无所顾忌地流露真情了。可我还是怕远远跟在后面的那两位看见,将手抽回来。

我们并排坐在亭子的平台上,我靠向柱子,半脱了鞋,放松了双脚,继续撞击着,以减轻疼痛。

文武君俯身过来一点,对我极温柔地说:"很疼吧?要不,我帮你按按吧,那会好得快些。"

我一惊,心立刻跳个不停。我把脚穿进鞋里,不好意思地看了他一下,"那么大个领导,还给人按脚,也不怕让人看见说闲话。"

"那有什么,又不是别人。再说了,我也是在帮人排忧解难呀。"他一副振振有词的样子。

我们你看看我,我看看你,终于都笑了。

他起身坐在离我很近的石凳上,让我把脚放亭台上,说那样会舒服些,疼痛会好得快些。

我见他坐那，着急地说："那石凳多凉呀，别坐那。"

"怎么会凉呢？晒了一天了，还热着哪。"他拍拍石凳，笑着说。

那天回去，路上歇了几歇，脚总算没那么灼痛。临别时，文武君嘱我睡觉前好好泡一下脚，还说次日是周六，下午不很忙，让我去他单位看看。

第二天吃过午饭，我就把自己打理好等着于师傅来接我。

暖风习习，阳光和煦。路两旁的林荫很繁茂，让人看不出人工修剪的痕迹。因每棵树的树冠都很硕大，但似乎又都很整齐划一。车和行人很少，显得十分宁静、优雅。一会儿工夫，就到了文武君的单位。

当时，文武君正在办公室对面的小会议室给大家开会做工作部署。我从虚掩着的门缝儿向里面看了一下。只见文武君在讲台上，声音清脆洪亮、表情认真严肃地说着什么。我看见他用手扶了一下眼镜，向大家扫视一下，同时似又向门这边看过来。我忙躲闪，随后，蹑手蹑脚地进了半开着门的文武君的办公室。

他的办公室在四楼,很敞亮。不是套间,是一个正方形的大房间。进门左手边,是两个深色单人皮沙发,中间隔一个小茶几。相对的窗户下,是一个相同质地的长沙发,沙发前放了一个不是很大的茶桌。侧边临近墙角处是一盆很高很大的透叶莲,形状很漂亮。旁边是一个洗脸架,旧毛巾洗得很干净,齐整地搭在上面。拐过来文武君的办公桌后面,是一大排书柜,里面薄薄厚厚的书很杂,但摆放得很整齐。相对的墙边,是一排大玻璃门书柜。临近门处的两个书柜里,多是精装的、较厚的、具有"装饰性"的名著类书籍。而临近窗子那个书柜里,除了上面格子里装有奖杯、奖牌等物,其余部分全都摆放着形状各异的石头,大约有十几块。我一下子被吸引了。我看看这个,又看看那个。没多会儿,文武君就开完会,笑吟吟地进来了。

原来,文武君特别喜欢石头。一旦出差地有"奇石"传说,他都会抽空亲自到山上或河里去捡。实在捡不到了,就到市场上买一小块石头带回来。他还在每块石头的底座上,都标上了名称、产地和日期。

我指着一个卵形的、有恐龙蛋大小的乳黄色石头,想拿出来看究竟。文武君一边小心翼翼地打开玻璃柜,拿出那块沉甸甸的石头,一边说:"这块石头很难得,应该属于那种'拍卖级'的。你看,这儿中部的一条红线,像不像海岸线?上面的浅色斑点,这儿是冰川,这儿是海洋。而中间的这个立体图案更难得,是一只惟妙惟肖的企鹅。你看,多像!多好看呀!"

我们几乎是挤在一起看那石头。

我见那石头真的如文武君所说,越看越像,真的够"拍卖级"的啊!我唏嘘着!可大脑却有点调皮,不停地在搜索着类同的信息。

"还能像什么呢?"我在心里嘀咕着。突然,我有了答案。于是,我很认真地点头夸赞着那石头,文武君也异常高兴地说着这块有企鹅图案的石头。末了,我说:"这个图案是有几分像企鹅,可我怎么觉得它更像'北极熊'呢?"文武君一下子忍不住笑起来,"北极熊?怎么会像北极熊呢?"他重又认真仔细地审视起那块石头来。那股认真执着的样子很童真、很可爱。我差点忍不住笑出来。

"看出来没?就是站着行走的北极熊啊!你看,这是它的前掌在摆动,这是它的两脚在往前迈……"

至此，我的"胡言乱语"已扰乱了文武君的视听。只见他还在仔细地看着、叨咕着："不会吧，怎么会像北极熊呢？"

我实在憋不住了，嘻嘻地笑向一旁。

文武君见我这样子，明白了我是在故意"捣乱"。便也呵呵笑起来。

他边坐在长沙发里，边带有几分调侃地说："北极熊就北极熊吧，就当我的企鹅被它吃掉好了。"他呵呵笑着看了看我。我从他得意的表情中，意识到他想"反戈一击"打趣我了。还没想好如何作答，他又半笑不笑、故作姿态地说："我听说，北极熊是不吃企鹅的，对吧？"

"不对。北极熊当然吃企鹅了！""哦？""不信的话，你从南极背一只企鹅过来，放到北极熊面前，看它吃不吃！"我表情调皮地对他说。

文武君呵呵笑起来，神情复杂地看着我，那神情中充溢着喜爱和柔情。

有人敲门了。文武君应声："请进！"同时，手托那块石头从沙发上站起来。很自然的样子。我却急忙转身，面向书柜，假装看那里面的书。

是他的下属，来送一份市里抄送的文件。那人拿给文武君看了一下，便双手将那文件放在文武君座椅前的办公桌上。然后，毕恭毕敬地走了。文武君又坐回大沙发，笑看着那石头，也笑看着我。

又有人敲门了。我急忙从书柜里拿出一本书，做翻阅状。

是严处长。他站在门边，双手前搭问文武君："主任，去东城门（小吃街）是下班走呢？还是提前一会儿？"

因为托着石头，文武君把表带小心地转过来看了一下手表，想了想说："看看情况，如果没什么事情，我们就提前半小时走吧。"

严处长答应着，点点头出去了。我如释重负地讪笑着走向桌子侧旁的单人沙发，因那的茶桌上放着我喝茶的水杯。我有些懒散地斜靠在沙发上，端起茶杯喝茶。

文武君还托着那块石头，时而看看我，又看看石头，很喜欢的样子。我忍不住笑地说："都快成'哪吒他爹'了，也不嫌沉！"文武君听后，一下子笑起来。

他起身将那石头放回原处，便回到他的办公桌前，端起他的大茶杯。他边喝茶，边悠闲地靠在椅子上，开心又深情地看着我笑，害得我都不好意思多看他了。

又有人敲门了。我立时正襟危坐。顺手抓过几份桌角撂着的厚厚的文件，并敛起笑容。

进来两人，其中一位是在舞厅见过的外单位的侯局长，虽然是文武君的大学同学，可他俩的关系属于无话不谈的那种。平日里，也经常去对方家里聊天喝茶，对彼此的工作和家庭情况，都了如指掌。

只见侯局长笑声朗朗，高声大调地与文武君打招呼。看向我时，一时语塞，待文武君介绍后，才恍然大悟地用手拍拍前额："哦——对对对，你好你好，李记者！"握完手，他笑笑，转向文武君："看来，今天给赵局接风洗尘是请不动你了，大家可要失望喽！如果问我，我可就如实说了啊！"他一边从座位上站起来，一边比画着手，嬉笑着。

他让另一位先下去等他，他有几句话对文武君说。

他走过办公桌，神秘兮兮地将手臂揽过文武君的双肩，对我笑着示意一下，两人便很随意地走出房门。他们在门外窃窃私语了好一会。后来，我依稀听到他反驳似地说："这事可没你想象得那么简单，你要有心理准备,还是按我说的,而且……"我听不清了。

文武君进来了。呵呵笑着叨咕着:"这个老侯,这么多年了,还是老样子,就爱瞎操心。我在学校当学生会主席那会儿,他可是我非常得力的左膀右臂呢。他这个人性格活跃,搞活动非常在行。哪里有他,气氛就会不一样。"文武君坐回办公桌前,喝了一口茶:"他的家庭也很幸福、很和谐。是自由恋爱,是我们同学。"文武君似有些唏嘘。

"那你当年怎没谈个同学?多好啊!"我说。

"没有。一是当时没这想法,再可能就是没人能打动我、走到我心里吧。"

我看了他一下,与他深情的目光相撞。

"哎呀,这个老侯。呵呵呵……"文武君笑着,像是自言自语。

停了一下,文武君接着说:"相信我,你千万不要胡思乱想,只想些开心的事就行了。"文武君认真地叮嘱着。我看了他一下,不好意思地低头不语。

"你知道吗?我这么喜欢和你在一起,并且希望我们能永远在一起,就像一位外国诗人写的那样,'不仅因为,和你在一起时,你的样子;还因为,和你在一起时,我的样子。'"他的后一句说得十分温柔。

"怎么听着像绕口令呢!"我掩饰着激动和心跳,有些调皮地说。

文武君看着我,若有所思地呵呵笑着,喝着茶。

办公桌侧旁的两扇窗户视野很好。不仅可以遥望排排浅色的低矮楼群,看见蜿蜒流淌的内河,还可以看到远处一个公园里,浓密的绿荫和回廊。尤其是斜插在视野里的半边公路上的那排路灯,像从花丛中伸长出来似的。路上走着三三两两的人群,还有三三两两的自行车和三三两两的汽车悠然驶过。显得十分静谧祥和。而路的尽头,便是山脚。向对面山上望过去,依稀可辨亭台楼阁,感觉很近的样子。我站在那看了很久。文武君也背着手与我并肩站在那,并不时地指点着这里那里,赞叹着这如画的美景。他还说,他每天都会站在这里放松一下心情。终于,我因能闻到文武君淡雅的体香、感受到文武君炽热的体温,而有些心慌、心跳、心醉神驰了!我有些羞赧地回头看了他一眼,刚想离开,却被他顺势抓住了两手。

文武君脸涨得通红,目光热烈而柔情。我们四目相对,呼吸都急促起来。那一刻,我真想义无反顾地接受他，投向他的怀抱，并且一辈子就幸福地在他的怀抱里。可是，我的内心，总有一些什么"隔阂"着，总被一些什么"禁锢"着。我心怦跳着低了头，下意识地抽出双手，他似乎犹豫了一秒钟才放开。

我回到单人沙发那，还没坐好，便听到敲门声。我慌忙正襟危坐，表情严肃地端起杯喝茶。

又是一个下属送一个文件。

待那人走后，我才放松回来，同时，用手拍着心脏，眉眼表情夸张地做着一副"受惊吓"状。文武君忍禁不住地咯咯笑起来。我也解嘲似地掩面嬉笑起来。

末了，他让我靠在沙发上，闭上眼睛放松地歇息一下，一会去逛小吃街会走累的。他正好看一下那个文件。

我点头答应着，浑身放松下来。只是大脑还很活跃，仍快速梳理着一些无法理清的思绪。在我睁眼看文武君时，他正在认真阅读和思考着那份文件，时而用笔写画一下或加上批语。那样子很认真、很专注，专注得让人心动、让人肃然起敬！

他写完了。我起身坐到他办公桌对面的客椅上，说："我还没看过你的字呢，让我看看。"他边递给我边说:"这个太乱,我重写吧。"

他拿过一张白纸,看了我一会,写了几个字:"有卿相伴,此生何求?真心话。"

我看完,写了几个字回他:"那要是不能相伴呢?"

"不会的。一定能。因为我知道你的心,你也知道我的心。"

"那万一呢?"

"没有万一,相信我。"

"其实,我是不相信我自己。"

"你的心会告诉你答案的。"

我无语……

这是我们第一次也是唯一一次涉及情感的对话,在纸上。

那张纸被文武君收了起来。

第二天是礼拜天。按约定,当天下午,我被邀请至文武君家中做客。

我认真盘好了长发,穿了一套有点晚妆礼服性质的套裙。那套裙文武君见过,说很漂亮,很特别。有什么场合穿，一定很高雅。

我把刚过膝盖的黑色连身裹裙，很费劲地套在身上。因后面腰背处的长拉链，根本不好拉。然后，把前胸金黄色的连身"托胸"调整好，就是尽量少露点。再穿上披肩式的，灯笼袖黄底加深色豹点图案的半袖衫，带大花的布料式宽腰带就不系了，太"炸眼"。最后，换上高跟鞋，拿上深红色压花亮皮手包，就被接到了文武君的家。

我想不出文武君的家会是什么样子，但书房是一定要看的。我想知道，他的书架里都放着什么书？他面壁的墙上，都挂着什么画、什么像？他是用什么样的唱机听越剧、听歌的？更想看他年轻时的影集……

一进门，就见陪同的几个人都已到了。长方形的客厅很大，但很简朴，两边的长沙发已显得陈旧。只是，正中央的大饭桌已摆满了各种菜。见我到来，大家便开始落座了。

文武君笑呵呵地从里面厨房出来，目光直向着我，并笑着给大家相互介绍，还不时地在他戴在肚子上的小花围裙上擦手。那小花围裙让他一围，实在显得太小了，腰、腹从两边挤出来。我一下子忍不住笑起来："'主任'，我用了多数人习惯的'官称'，你戴的围裙也太小巧了点吧？"大家都被我的话逗笑了。他自己也边解释、边解嘲似地笑了。

  我想先参观一下他的书房，便急步赶过去。却只在门口处，看见了一个比文武君办公室那个还要大的地球仪，旁边还有一个闪着金光的方形小机器，文武君说是多功能的收录机。我要进去，却被文武君用臂弯揽住，亲切地拥我回座。众人面前，我有点羞怯了。

  "不急的，吃过饭让你随便看。不然菜凉了，就不好吃了。"他很温情地对我说。

  "除了烧鸡，这可都是我亲自做的呀，大家尝尝，味道怎么样？"他又对着大家说。

  没能先看，那就先吃吧。

  我和文武君坐在正位。他的侧旁是一个副局长，再就是严处长、于司机，我的旁边是一位新见的女处长，姓黄。她旁边是一位男性副处长姓张，然后是文武君的三个儿女，与我坐对面的是他的妻子。

  其实，这也是文武君精心安排的。他用这种方式，让我大大方方的与他妻子见面；也用这种方式，向众人宣示，他和我是多么幸福般配的一对恋人！而这个决定，又是多么认真、多么不可阻挡。

推杯换盏，好不盛情开怀。文武君一直为我夹菜，把我的盘子全夹得满满的。我只好再分给三个孩子。可是，我突然发现，三个8—14岁的孩子，用惊讶的目光一直注视着我。我对他们笑笑，他们还是那么惊讶地看着我。我又发现，对面他的妻子，不知何时进屋再没出来。文武君一下子明白了我目光的含意，让其中一个孩子去叫她妈。还为她解围似地说："让你妈出来吃饭吧，先别忙活啦，饭菜都要凉了，吃完再一起收拾吧。"

此刻，他的妻子正伏在里屋床上呜咽哭泣。因为，她今天才实实在在地感觉到，大势已去！离婚已成定局。她是真要失去这个男人了。即使拿三个孩子做"筹码"也无济于事了。这么多天，老文一直住书房，除了谈离婚那次，几乎没说过几句话。她也认定老文是真心喜欢那个女人，要不众人面前，他怎么会对她那么亲密？也许，他们早已做了夫妻了！她有些绝望，也有些泄气。

她想起那次她三妹来，正赶上她夫妻吵架。见老文在自己洗衬衣时对自己说的话："你得好好珍惜姐夫才行。怎么总吵架呢？还让人家自己洗衣服。他工作那么忙，那么累，你得多体谅姐夫呀！他人又那么出类拔萃，真有一天，他的心走了，你哭都没地方哭去。"

这回是让她说着了。可她还是想不明白，"我怎么就不珍惜了？吵架是一个巴掌拍得响的吗？衬衣他要自己洗，那是总嫌我洗不净衣领。再说了，这么多年，自己操持这个家，照顾三个孩子，没有功劳还有苦劳吧，怎么他就真的要离开这个家，成为别人的丈夫了？"她哭着想着，她的心很痛、很不甘也很恨！可这又有什么用？当她见到那个女人，如公主般出现在众人面前时，她一下子就失去了说话的气力；当她看到她丈夫老文，看向那个女人时，那充满喜爱和深情的目光，还有旁若无人的"亲密"举动，她更是如泄了气的皮球。完了！她这次是真的无能为力了。她有些后悔这么多年没好好珍惜这个家，这回真的要散了，孩子也要失去爸爸了。她捂着嘴，哭得十分凄楚、哀伤，充满了绝望感。直到她大女儿来叫她。

这边众人边吃边聊，说着各种有分寸的恭维话。已开始有人站起来敬酒了。虽然都只让文武君喝一口，不让文武君干杯，可文武君还是端杯一饮而尽。一副很愉悦、很满足的样子。

我有些担心他，便适时地站起来，拿起他面前那个小小的白酒杯，倒上了啤酒，笑着对大家说："为了让领导喝好，又不把领导喝倒，我建议大家敬酒时，主任用这个干杯怎么样？其实这个杯子虽然小，可七八杯下来，也是抵得过这一大杯的。"

大家笑着认可。满面喜色的文武君，此时更是忍俊不禁，他接过这个小酒杯边看边笑。他想再倒回大杯子里，我用胳膊肘碰了他一下，他停下了，情意绵绵地看了我一下，便开始用这个小酒杯与大家干杯。

不知过了多会儿，他妻子终于出来了。

只见她双眼红肿，轻轻地哽咽着，一看就是刚刚哭过的样子，且用哀怜的目光呆呆地看着我，就那么哀怜地看着我。

我一惊，立时乱了方寸。脑子嗡嗡作响，同时又感到心被什么揪住似的难受。一种"负罪感"，驱使我要尽快逃离文武君身旁。我慌乱之极，且有些不知所措。

我快速地调整着自己，我于是，佯装不知地端起酒杯，一改"常态"，用有些生硬的态度，称文武君官称，并与他碰杯。同时与大家敬酒，说着礼节性的话。又转而向他妻子邀杯，夸赞她贤妻良母，也夸赞三个孩子。末了，我又自饮一大杯啤酒，表示幸会、表示感谢!

至此,我已大大过量了。面红耳赤不说,心脏突突跳着,皮肤也出现了红疹。我不正常的饮酒行为,都被文武君看在了眼里。他有点情不自禁地,抢夺着我的酒杯。下意识地、怜惜、深情地说着关心我的话。我更受不了了,怕他妻子再受刺激,我离席了。并且要马上回招待所,一副醉态的样子。

接下来都发生了什么,我全然不知。

扑在招待所房间的床上,浑身颤抖的我只想流泪。是受到了伤害吗?没有!是受了委屈吗?也没有!是受了冷落、遭遇羞辱了吗?都没有啊!虽然什么都"没有",可我此刻却有着锥心的刺痛感,还有"天塌地陷"般的绝望感!

她的哀怜、悲凄的眼神,如雷电一击,让我的情感堡垒瞬间倒塌!又如大梦初醒,唤起我所有的理智。让我意识到,自己不能再回避了。自己真的要放弃文武君了!是必须地、决绝地放弃!是今生今世的放弃啊!

我的心紧缩了几下,缩得没有了。连痛感也没有了。我感到自己是多么的无助啊!可那三双童稚的眼神还在看着我;那哭得红肿的、哀怜的眼睛还在看着我，而且会永远看着我啊！

　　人生，有时是要面临选择的；可人生有时又是无法选择的。此刻，我似乎已被这突现的"画面"击垮，像只受到巨大惊吓的小兔，浑身痉挛着，蜷缩着，任泪水默默流淌，浸湿着枕巾。

　　第二天一大早，文武君就来了，他一个人来的。

　　他的眼睛有些微肿，红血丝清晰可见，有几分憔悴的样子。

　　他笑笑，有点勉强，"你还好吧？"他有些忧虑，但还是充满柔情地望着我。我点点头，心绪复杂地望着他。

　　我们就这样彼此默默地望着对方的眼睛，一句话也不说。用无声的语言，交流着彼此心底的感伤和无奈、喜爱和真情……

　　终于，我先被他的柔情"击溃"，含着泪背过脸去。他抓住我的手急促地摩挲着，抚摸着！

　　想到我的决定：要永远离开文武君了。只为离开"她"和"他们"的眼神，而离开一生难得一遇的美好爱情。我再也控制不住自己的感情，抽出手，伏到桌上呜呜啜泣起来，泪水如泉水一样，涌流不止。

　　文武君坐在那儿，低头抚弄自己的手。默默地不作声。就像做了错事的孩子，遭到了大人的批评。直到我停止了哭泣，他才温情而缓慢地说："别想太多了，什么问题都能解决的，相信我的能力嘛。想些开心的事，好吧？"我不想分析他的话。停了一会儿，我问他："你没去上班？"

"哦，我下午有个会，所以，就一早过来想看看你。""你去上班吧，还得安排开会的事。我没事，只是心里有些郁闷，哭诉一下就好了。你去上班吧。"我忍住哽咽，尽量用平静的语调对他说。

我不知道他在想什么，不说话也不看我。突然，他站起身背对着我。然后，摘下眼镜，擦拭了几下眼睛。好一会儿，他才转过身来，有点恢复常态的样子，欣然地说："没事的。你好好休息，想出去逛逛也别走远，旁边有个商场你可以溜达溜达，早点回来。我开完会，大约4、5点钟吧，就能过来，我们一起吃晚饭。""你……""不要说了，你等我吧。"他好像知道我要说什么，打断我，就头也不回地走了。而且，像领导命令下级的感觉。

文武君是极其聪明、睿智的。我怎样他都懂我。这对我来说太有"征服力"了。奇怪的是，无论他多么"强势"和多么"弱势"的表现，我都没有

"抵抗力",都很喜欢、很受用。可这又有什么用呢?我似乎已经看到了这"缘分"的尽头……

心,有些莫名地沉重与悲哀!

我出了招待所,找到汽车站,直奔火车站。我想看看车次、时间。不错,还真有直达哈尔滨的。但当时并不卖票,而且就是卖票也不一定有票。

晚饭后的散步很特别,只是沿河边的小路一直走着。两人除了你看看我,我看看你,谁也不讲话。我知道我的决定意味着什么,我的内心充满着矛盾和痛苦,在做着最后的挣扎。人生到底什么才是最重要的?宿命、责任义务,能扼杀心灵对幸福、美好的渴望和追求吗?可是,遇见,是一回事,要改变,则是另一回事。总有美好的东西,被现实割裂开来!我轻轻叹息着,心,有些疼痛起来。

终于,我回答了他"让我来兰州"的想法。

回答这个问题,是需要一份勇气的。我抬头望着天,深深地叹了口气,轻缓地说:"兰州太美了,气候也好。从某个角度说,它比哈尔滨还美。因它四面环山、又一面临水,被风景环抱着。城市宁静、干净，有'世外桃源'的感觉。可是，我还是不能来这儿。我的家人、同学、朋友、亲属都在哈尔滨，我来兰州多孤独啊！我这人承受力太弱！"我停顿了一下说："当年我是多么盼着我父亲平反，我好调回哈市啊！那是我的故乡，很难离开的。"我说着这些，心里很难过，但还是装作若无其事的样子。见河边有一长椅，我们便坐上去。坐得很近，几乎肩挨着肩了。可能都意识到将要"离别"了，分外珍惜这相偕的宝贵时光？谁也不说话，谁也没躲闪开一些。

他的表情有点怪。看着眼前内河的河水，目光有些发直、发呆。是对我说的话感到意外吗？还是内心"空洞"了什么？我想起了《红楼梦》中宝玉听说"林妹妹要走了，回家再不回来"之后的反应。

我似乎有些担忧地用肩头碰了他一下："说话呀？怎不说话呢？"我不知怎么，竟用了撒娇使性的"嗲声"问他，但我仍然低垂着头，内心隐隐作痛。

"嗨"！半晌，他叹了口气，"说什么呀？我说过的，无论什么事情，我都永远尊重你的意愿。"他仍然望着水面，幽幽地说。

我们一直坐到天快黑了，有点山朦胧水朦胧了，司机也在远处开始张望了，才往回走。

他不时地轻叹一声，脸上一直没有笑容，就那么默默地、失神地走着。

送我上楼后，他告诉我，第二天严处长和黄大姐等6、7人，陪我去看大沙漠，以慰我此行未能去敦煌的遗憾。本来他也去的，却因临时有事走不开。其实，我来兰州时，就决定要去敦煌的。可文武君说什么也不让我去。说那里正在建机场，服务设施还不完善，又是旅游旺季，人很多，吃饭、住宿甚至连喝水都是问题。如果返程票再买不到，一着急上火病在那儿怎么办？他绝对不放心。还说，等下次去时，他陪我去。我是极不情愿地放弃了去敦煌的想法的。没想到，文武君很细心、很体贴，竟然为我安排去看大沙漠。我高兴极了，一下子开心起来："真的吗？太好了！"我望着他忧郁、深情的目光，欣喜地"傻笑"着。他也终于笑了。

一大早，两台吉普车拉着一群人就来了。他也来了。手里拿着一件没"开封"的风衣。他说："早上下了雨，有点凉，也没见你带风衣，就穿上吧！"我又有些被温暖、被感动到了。

我抖开，穿在身上。好合体、好漂亮的一件风衣啊！大家也七嘴八舌。文武君说："这是他爱人的，买完嫌瘦,穿不上。家里孩子又小,就一直放着的。小李穿上正合身,那就穿着好了。"

我真的宁愿他没说刚才那番话,那样我可能真的就"穿着了"。因为款式好,肥瘦也正好,驼绿色的面料,很漂亮、很朝气。可他说他"爱人"的……"君子不夺人所爱"!再说了,我干嘛穿别人"穿不了"的衣服?而且是他的"她",当然,嫉妒也是有的。反正决定,穿一天后返还。

他走了,我们也出发了。

驱车西行好几个小时,以至于吃中午饭的地方还不是"终点"。因跟黄大姐在文武君家吃过饭,也算熟络了。就有一句没一句地说着话。但总是心猿意马,总被文武君的影子打断话茬儿。

黄大姐很喜欢我似的,总是拉着我的手或挽着我的胳膊。走进沙漠里时,别人都站在沙漠边缘的草滩上,只有黄大姐一步不落地紧跟着我。可能是文武君特别交代她保护好我吧。而女人"保护"女人,会更方便些。文武君做事,总是很周密、很体贴。太多的优点,真的让我难以放下他、离开他。他时时搅扰着我的心、我的情!让我极其快乐、幸福,又极其矛盾、痛苦!

终于到大沙漠了。我惊呆了！因为沙漠实在是太美妙、太神奇了，简直如诗似画！沙山被吹得一层一层的，有点像弯曲着的五线谱，又像涟漪。而沙滩更是一望无际，形状完全可以用沙海来形容。风吹出的小小沙波，就像海浪形状那样，一波一波连绵起伏……

我急切地走进去，走进很远，鞋里已灌满了黄沙。我脱下来用手提着，双脚踩着那绵软的"沙床"。我有些激动了，想大喊，想匍匐在沙漠女神的脚下，朝拜她！亲吻她！

"哇！真的太美了！"我被大自然神奇的魅力迷醉了！

人们只知道家园被"沙漠化"的可怕、"跋涉"的艰辛，却不知，沙漠本身也是上帝创造的一个奇迹、一个神奇的画卷啊！如同连绵的群山、浩瀚的海洋、广袤的原野一样，都是我们美丽地球，不可缺少的一部分。只是人类自身具有的"破坏性"原因，不知自查，倒把沙漠的"美"说得"丑"了。

大沙漠！美丽的大沙漠！神奇的大沙漠！从今入梦的大沙漠啊！你是把你的"大美"，镶嵌在我生命的记忆中了！

天快黑时,我们返回的车才临近兰州城。在一个交叉路口处,我老远就看见了文武君的身影和旁边停着的他的车。我喜出望外地告诉黄大姐,不知当时我是否有些失态。

原来,文武君有点着急了。而那几个人走另一条路回去,反而更方便些。于是,我和严处长就和大家告了别,往文武君的车走去。

晚饭吃得心花怒放。说着大沙漠,谈着大沙漠,问着大沙漠。文武君也被感染得津津乐道起他见过的几处大沙漠……

人生愉快的时光总是那么短暂,那么宝贵。可天下哪有不散的宴席呢?何况,"送君千里,终须一别"啊!

终于,我提出买票回哈尔滨的事。文武君沉默半晌说:"严处长,那你就安排一下吧,看看直达车的时间……""是上午10点半的,就一趟。"我抢着回答说。

文武君有点惊讶地看着我。我说:"我去问过了。就买后天17号的吧,明天我收拾一下行装,顺便整理一下材料,如果缺少什么,就让他们寄过去吧。"我装作很自然的样子说。

文武君轻轻地、然而是深深地叹了口气，没抬头，边吃边说："那就按小李说的，买后天的票吧。明天下午你早点收拾好，四点钟我来接你，为小李饯行。"

　　虽然能听明白，但还是听着让人发晕，话到底是对谁说的呢？

　　次日晚饭后，我们来到黄河边散步。他一声不吭，步子很慢。不时用带有疑虑的目光忧伤地看着我，并深深地叹息着。我有些哽咽了。

　　刚升起的月亮还是半边，而且躲在云层中时隐时现。晚霞似乎还未散尽，使得西侧的山峦，还残余着一层层透明的色彩。

　　为打破这尴尬的静默，我调整着自己的心情，尽量情绪平静地说："你的三个孩子真可爱，他们一定很喜欢你这位优秀的爸爸吧？你每天都会关心教导他们吧？他们真的离不开你。"我轻叹一声。

　　沉默了片刻，他忽然转过身，急促地说："那你呢？那我们呢？你真的想好了？决定了？是真心话？"他边声音有些颤抖地说，边激动地拉起我的手，等着我的回答。

　　那一刻，我们四目相对。时间停滞了，似乎一切都静止了。我的鼻子有些发酸,两腿有些发软。可我知道,我们不能拥抱在一起,不能。因为,只要一拥抱,一切都会崩塌,仅存的一点理智,也会瞬间灰飞烟灭。

我屏住呼吸,垂下眼帘,肯定地点了两下头。他有些失望地松开了手。

送我那天,还是他们三位。文武君再也没有像以往那样,情不自禁地喜笑颜开了。他默默地时而关心地问这问那,时而呆呆地望着我。即使那两个"影子"给我俩留了"独处"的时间,我俩也只是时不时地望着对方。似乎都有千言万语,又似乎都在压抑着心跳和心痛,都掩藏着心中的"不舍"。

四个"黄河蜜"和四个"白兰瓜"被分装在两个结实的大网兜里。被严处长和于师傅,费力地放在行李架上。

文武君站在车下,背着手,呆立在那。目光复杂而痴滞。我也情不自禁、感伤于怀,有些难过地望着他,似乎我们此刻的目光里,都有一种相同的"元素",那就是,都在背诵同一首诗——泰戈尔的《距离》：

"世界上最遥远的距离
不是生与死的距离
而是我就站在你面前
你却不知道　我爱你

世界上最遥远的距离
不是我站在你面前
你不知道我爱你
而是爱到痴迷
却不能说　我爱你

……
世界上最遥远的距离
不是我不能说我想你
而是彼此相爱
却不能够在一起
……"

我知道我得到了什么,却不知道我将要失去什么。我似乎觉到了"放弃"的"高尚感",根本敌不过我"失去"的"懊悔感"!我似乎已经恨我自己了,我也恨他,恨他的"尊重"、恨我的"骄傲";恨他的理解、恨我的懦弱;恨他的含蓄、恨我的矜持;恨他的却步、恨我的羞赧……

如果说,是我怕有"负罪感"而逃离我的爱,那么,文武君你呢?你为什么要错过你的爱呢?难道你那么懂我,就不知道我有一颗多么娇弱、脆弱、软弱、懦弱、柔弱的心吗?我们的爱,就这么"流失了"!流失得如此干干净净!没有一个拥抱,没有一个吻!没有心跳的回应,只有心动的向往……

别了!文武君,我心中的爱神!……

我想着,忧郁地望着他,不知不觉,泪,已涌出眼眶。我忙不迭地用手绢擦拭着,背转身去……

时间过得很快,不知不觉,一晃一年过去了。一切似乎都已恢复常态。只有某些记忆,还时时飘忽、闪现在思念的时空里。但只要出现那些"眼神",一切都会被"理智"湮灭。只留下唯一能宽慰自己的,对文武君遥远的祝福！

　　这六个月我病了，整天发烧，是肺病。住了一段医院后，在家调养。因身体很虚弱，家里雇了包吃、包住的保姆照料家事，照顾我。

　　突然一天下午，我接到了文武君打到家里的电话，我张口结舌地不知说什么好。他欣喜地问了我地址，要来家看我。

　　突然接到文武君的电话，我一下子激动起来。我慌乱极了，不知所措地在地上来回走着，"矛"和"盾"在不断变幻地主宰我、左右我。

　　那时，我住的是租来的房子。在共乐街高岗处一幢七层高的旧楼里。因同样价格如果是顶楼，就可租到大一点米数的房子，所以，我特意租了这间方厅较大的顶层住房。虽然室内的墙壁多有脱落，显得斑驳不堪，但我这里挂一幅画，那里挂一张照片，床边墙上又围了一块艳丽的布单，整个房间看上去，感觉还是挺温馨的。

　　保姆在方厅桌上摘菜，我让她把暖瓶水倒掉，重新烧开水泡茶用，再把新茶具拿出两套来洗一下，还有葡萄、苹果。我安排着这些。一会儿工夫，就传来了敲门声。我激动又心慌地想亲自去开门的，却让保姆抢了先。

　　文武君进来了。满面红光笑吟吟地看着我。那目光还是那么深情、那么柔情，还有掩饰不住的热烈和喜悦。

　　我们的目光相撞了！那一刻，心，也相撞了！我们应该紧紧拥抱在一起，紧紧地永远不分开！以偿这长久折磨在心的情与爱。可是，那个保姆就站在旁边。

　　我坐在床边，文武君坐在床边的椅子上。他不顾保姆是否看见，情不自禁地抓起我的手摩挲着、爱抚着，用充满欣喜、充满柔情和带有几分童真的两眼看着我。那是我们独处时，文武君才会有的样子。他就那么看着我，目不转睛。似乎我们已分别一个世纪了，要仔细看、好好看看啊！

　　保姆从方厅把冲好的茶端了进来，我抽回手。她出去了，文武君又一下子抓住我的手，怕我跑了似的。他激动地说："你知道，这一年来，我是怎么过的？梦儿，我有好多话想"——保姆进来把灌满水的暖瓶放在桌上，出去了。文武君问了一下我的病况，歉疚地叹了一口气。我知道，他是心疼我了，因为他没能照顾到我。他说："你要是同意去兰州，一切都不会是这个样子的。你应该相信我能解决好"——保姆进来送果盘了，而且只洗了苹果。她又出去了。文武君看了她一眼，他停了一下小声说："你这个样子不行呀，我会心痛的！答应我，和我去兰州吧！我们生活在一起，你会幸福的！相信我。"同时，回头看看保姆是否又进来了。

我一直默默地看着他，哀伤而委屈地看着他。终于，我忍不住了，泪，扑簌簌地流淌下来，我呜咽地哭了。

说实话，如果文武君没有家，别说兰州，就是天涯海角，我连一秒钟都不会犹豫地跟他走。可是……

文武君忘情地用手替我拭泪，保姆却好奇地探头进来看。文武君放下手，回头扫了她一眼，保姆离开了门口。文武君怜爱地小声对我说："求你了，去兰州吧，我决不会"——保姆进来将一串葡萄放在果盘里，又出去了。"你要相信我能"——"咣"的一声，保姆不知道在干什么，把屋门碰出了声响。文武君的话总是被打断，他再也受不了了。他抓住我的手，有些烦躁地悄声说："快让她走开。让我们好好说会儿话，好好在一起待会儿，行吗？求你了！"他回头朝方厅处看了一眼，又说："让她出去买东西或干脆放她半天假好吧?我有好多话要对你说啊,求你了!"他摇着我的胳膊,温情而又有几分孩子气地说。

其实,我一句话就可以让保姆离开的。可我知道,保姆离开意味着什么,意味着我和文武君的爱,将如火山喷发,再也无法抑止。而这爆发的火山,会彻底把我融化,使我完全"丢失"自己,让自己失去最后的"理智"。同时,也彻底"摧毁"文武君既有的安适生活,弄得"天崩地裂"……

我害怕这种"丢失",害怕这种"天崩地裂"。我不想去兰州,不想与文武君享受天堂般美好幸福的爱情同时,被那"四双眼神"锥刺着、折磨着、痛苦着……

可是……

我的内心充满矛盾,在做着痛苦的挣扎。

眼前这个优秀英气的男人,不正是自己梦寐以求的理想丈夫吗?我们彼此动心。彼此相爱相知。可我却一次又一次躲闪回避,连今天这么难得的相逢,我都不敢接受他、答应他。为什么,是自己"叶公好龙"吗?是自己不够爱他吗?

不,不是的。恰恰相反,是自己太爱他了!封闭自己，是怕再也离不开他、放不下他啊！

　　我的心好痛，痛得有些难以支撑。

　　我望着满心欢喜、笑意融融又充满期待的文武君，不知该如何是好。只觉得内心里，五味杂陈，让脆弱的我，泪流不止。

　　保姆进来倒茶了，文武君放开我的手，不自然地搓着双手。我们谁也不说话，这让保姆有了好奇心。她倒完茶，又拿来抹布慢悠悠地擦着桌上的水，还不时地看看我又看看文武君。文武君起身将门边的纸兜拿过来，说："去年6月17号到今年6月17号刚好一年，你看看这件连衣裙喜欢不喜欢？"

　　我明白了，他特意来"参会"，并赶在我们相识一周年的日子来看我，还买了具有纪念意义的礼物。我好感动！他多么细心啊，我都忘记这一天是多少号，去年见面是哪一天了。

　　紫色带浅藕荷色小花、腰间有黑色腰带的长摆连衣裙很漂亮、别致。尤其肩上有扣带，半截袖翻边的样式很时尚、很优雅。

　　我擦了擦眼泪，有点惊喜地抖开这相识一周年的礼物，下地到方厅迅速地换上。对着大镜子左照右照起来。太合体了，太婀娜了。他怎么知道我这么多啊！我呆住了。

"怎么样？喜欢吗？"文武君笑吟吟地出来问我。我笑着对他点头，虽然还满脸泪痕未干，但从那笑容里，还是能让他看出一丝激动和幸福感的。从那天起，只要一出门，我就穿上这件连衣裙，一直穿了一个夏天。

我们沉默地对望着，文武君似乎猜到了我的矛盾心理。而且，可能不会让保姆离开。心情和表情都黯然了许多。

他关切地问这问那，然后，惋惜地叹了一口气。

我似乎想安慰他，嗫嚅地对他说："我很喜欢兰州，真的。可是，那儿——不属于我，你也——不属于我。我不能——我会很——很痛苦的。"我一下子哽咽了。半晌，我平抑着情绪，尽量显得轻松地笑着对他说："你的生活多美满——多幸福啊！跟她和他们比，我又算什么呢？"我突然心中好痛，有泪要涌出来。因为这话除了包含复杂的情感色彩外，实在太伤文武君了。可我必须伤他，让他忘了我，放弃这份情。

我停了一下，调整着自己，接着说："我也要有自己的生活了，目前正考虑征婚……"我在继续伤他。

　　此时的文武君怔在那儿，有些意外、吃惊地看着我。那眼神中除了失望、难过，还不时地变幻出一种如看"外星人"的陌生感！他一定觉得，我没他爱我、喜欢我那样地爱他、喜欢他吧？否则怎会轻言放弃呢？……

　　可他到死都不会知道，我有多爱他。就因为他在我心中占满着整个空间，致使我从此任什么男人都不再入心、不再入眼了！以至于又蹉跎了九个春秋，才听从命运的安排，走进婚姻。

　　他走了。心情低沉、沮丧地走了！再也没有了笑容，也没多看我一眼。他一定是怨恨我了吧？怨恨我的绝情、无情，怨恨我不够珍惜他对我的真感情。他走了！真的决绝地、头也不回地走了！我伏在床上大哭起来……

　　保姆过来了，"姐，你喜欢他为啥拒绝他呀？他那么'带劲'，一看就是当官儿的。我都看出来了，他是真喜欢你。他要有家就让他离呗，上哪找这么好的男人啊！刚才他要是不走，我都想出去了，让你们俩好好待会儿。要不，你去找他吧……"

　　我们再也没见面，也没联系。我也没有像我说的

"忘记"他。只是想起他时。不再是欢笑和他温情地关爱,而是他离去时的痛苦表情和决绝的身影。这表情和身影常常刺痛我的心,让我悲伤、流泪、懊悔!

两年后的元旦前,我突然收到他寄来的一张明信片。上面除了地址,就是文武君写上去的一首诗词。是毛泽东的【卜算子】咏梅:

"风雨送春归,飞雪迎春到。
已是悬崖百丈冰,犹有花枝俏。
俏也不争春,只把春来报。
待到山花烂漫时,她在丛中笑。"

我有些不明就里认真分析着他的"含意",可还是没弄明白。只觉得他好像把我比做花,而且是梅花。是"傲霜斗雪"的梅花?是寓意我脱俗、冷傲吗?我又联想到陆游的"咏梅"词中"已是黄昏独自愁……"的诗句。我拿不准,特意"请教"了几位女友。她们的分析,与我惊人地相似。我又"请教"了两位比较了解我的先生。他们的分析回答也非常一致，都说这寓示了我，是文武君心中的"唯一"。

我的心被触动了，触动得有些痛。我不知道，当初我把他的心到底伤到什么程度？冰凝了几分？如今融化了几分？他明白我的"苦衷"吗？

我来到了书店，精心挑选了一张贺卡，是有信封的那种。因我不喜欢明晃晃、赤裸裸的明信片。我先写好了我从事新闻工作的新单位地址。然后，左想右想的不知怎样说，说什么好。最终，还是只写了一句祝福话："祝生活幸福！事业顺遂！永远快乐健康！"

有爱不能表白，有情不能倾诉，那是怎样的一种折磨啊！这一夜，我彻底失眠了。满脑子过电影般，闪现着文武君与我在兰州相携相伴的一幕幕。他的一个表情、一个笑容、一个逗趣、一个关爱都没能逃出我的记忆。不能否认，这半个月美好、快乐的时光，足以填充我所有的生命空间，成为我精神和情感世界，最珍贵的回忆和慰藉！只是没有想到，这慰藉竟是伴着懊悔和伤痛，悄悄地走进了我——生命的旅程！

渐渐地，一切似乎又都归于平寂，一切似乎都已"放下"了。

我开始用其他爱好转移我的"忧郁"。我把业余生活安排的丰富多彩，朋友圈一个又一个，追求的优秀男士一个又一个，可"曾经沧海"的我，终没有遇到可以取代文武君，让我心动、心仪之人！

心里的"隐秘"是绝不能触碰的。权当没有便是了。这样我可以活得开心、自在、洒脱。我想，那个人也早已把我"掩藏"或"掩埋"了吧？他也一定活得很好吧？我似乎还不太明白，"真情"是不会"死去"的！

十二年后的2003年夏天，我突然接到了文武君的电话。他说他"开会路过哈尔滨，晚上就走了，现在在和平邨，下午如方便就来见一面吧。"语气十分平和。

我的心脏受到空前的"刺激"，只觉得它跳得快要蹦出来了。我答应着，手脚却不听使唤，大脑一片混乱、毫无思路。我打开衣柜，不知该穿哪件衣裙。我连忙收拾自己的妆容，还好，脸上仍没有留下岁月的痕迹，只是比从前稍丰腴了一些。我忙得一塌糊涂，打翻在地上的东西也顾不得捡，拿上红皮夹，装上该装的物品：钥匙、相机等，套上浅色薄纱连衣裙，匆忙下楼，"打的"去了和平邨宾馆。

一路上，我从混乱的思绪中理出一丝头绪，比我大7岁的文武君今年56岁，应该是正当年。即便有一点老态，也不会失去多少当年的风采。可我今天该怎样面对当年被自己拒绝、伤害的文武君呢？他能知道我对他的爱有多深吗？他既然不怨恨我，为什么十几年都不联系？如他怨恨我，那为什么还来见面呢？我想，他可能和我一样，心里还没真正地放下吧？至少还没忘记吧？可见了面会怎样呢？会发生什么吗？我的脑海一片混乱。

见文武君总是情不自禁欣喜的。可我还是在门旁犹豫了一下，稳了稳狂跳不止的心后，才敲开虚掩着的门。在心慌意乱中关门转身，含笑望向文武君。可就在那一瞬，我僵住了，欣喜的笑容顿失。因为，文武君似乎不再那么高大、健壮、丰润了。而是显得很瘦弱、很憔悴的样子。

"这是那个面色红润、风采迷人的文武君吗？"我的心突然被一只铁掌攥住，立时无法呼吸。我结结巴巴地问他："你——怎么——瘦了？"最后两个字已带有哭腔。我的心开始隐隐作痛。

他也似乎刚从"凝滞"的状态中回过神来。接着，他似乎故意若无其事地，语调提高、稍显"夸张"地说，他"前段时间病了，住了一阵子院，是'三高'。现在全好了，也出院上班了。因为医生不让吃的东西太多，恐怕一时半晌的也胖不起来了。你哪？你还好吧？身体也还好吧？家庭怎么样？结婚有孩子了吧？他，对你也很好吧？"他一连串不停地问着。

我充满忧虑地望了他一眼，有些嗫嚅地告诉他："我刚结婚两年多，虽然两地生活，但过得还可以。"

他一怔，大吃一惊的样子。他坐直一下，睁大两眼，直直地看着我。良久不作声。然后，低头扭捏起双手来，又扭过头去，不再看我。不知他在想什么。

我垂头低声问他："他们——还好吧？""哦，你是说严处长和于师傅吧，都好着哪。"他还是没看我。"不是，我不是问他们。"我低头不语。文武君停顿了一下，忽然明白似地说："哦，都好，都好着哪！"声音低沉而沙哑。

我坐在门旁的床边，因为，两个座椅都散乱着旅行包里的物品，两张单人床的被褥也没叠，很凌乱。我忽然觉得，厅长出差，再怎么急，住这么个小标间，未免也太简单了些吧。

文武君和我都没说话，也没有笑声。房间里的气氛有些沉郁。我看了他一眼，心中充满了深深的感伤。

终于，他抬起头望着我，很不自然地笑笑。然后，他还望着我，就那么痴痴地、表情不明显地望着我。过了好一会，他叹息一声，起身很温情、但又似乎很平静地说："渴了吧，我给你倒杯茶吧。"他把茶杯拿起来，用开水涮了一下，然后放入茶袋儿，冲进大半杯开水。他把茶杯端给我，同时叮嘱着："小心，别烫着！"

一丝暖意涌过全身。我又想起当年在文武君面前那种被宠、被爱、被呵护的感觉……

我的心，立时有些疼痛，含泪喝了几口茶，不敢再抬头。

终于，我把茶杯放在桌上，默默地走过去，坐到了文武君的身旁，坐得很近。可是，他却如"触电"般站起来，有些慌乱、有些手足无措地背对我。他拉了两下窗帘，然后又转身拿起热水壶，为我的水杯加了些热水，接着又局促地抬手看了一下表，轻叹一声说："哦，快四点了！他们——可能——快回来了！"

他说后半句时，语态亲柔若耳语。他走到门口，把门打开虚掩着。随后，坐在了门旁的床边，低头抚弄自己的双手，半晌，用一种深邃得看不出喜怒哀乐的、有几分"木讷"的表情，定定地看着我。

我意识到，我们的"心门""感情"之门是永远也打不开了，只能封闭今生了！我感觉有些悲哀，是伤害了文武君、伤害了这段情的悲哀吗？

我不知该说什么，我们就那样僵在那儿。

文武君的脸上，已不见当年特有的摄人心魄的迷人风采！我克制着自己，不让泪涌出来。

过了好一会，文武君搓着手，感慨却带有几分苦涩地笑笑说："一晃 12 年过去了！时间真快呀！"说完，他叹了口气，又呆呆地看着我。我发现，他看我的眼神有些复杂，复杂得让我无法猜透。除了明显的"距离感"，就是一丝忧郁？一丝怨恨？一丝怜爱？一丝不解？一丝遗憾？好像还有什么，是什么呢？我真的无法全部猜出来。

我忽然有种难过的感觉。难过自己当初，不该如此辜负文武君，也辜负了自己的真情！难过眼前的文武君，怎么如此"陌生"？是自己当初掩藏真情、没讲真话的伤害、拒绝使然吗？是他失去了对自己的爱和激情吗？那为什么还要见？既然见了，又为何封闭心扉？如果此时文武君把我一揽入怀，偿彼此渴望的一个拥抱、一个吻，我会非常愿意的啊！可是，他就那么沉静地和我对坐在两个床边，微微地叹息着。时而看着扭捏着的双手，时而定定地看着我。眼里充满着复杂的情感，这情感我真的猜不出。我怎么会猜不出文武君了呢？以前他的一颦一笑、一个表情、一个眼神，我都能百分之百地猜中，他对我也是。可如今为什么会是这样？是他老了吗？不对。那么就是他的爱、他的情被我"伤"了、辜负了，他心里恨我、怨我了，再也爱不起来我了。是的，是这样了。

我的心有种酸楚的痛，低头不语。不知过了多久，他才试探地打破沉寂，打听起有关我的一切。我问他："今天必须走吗？能不能不走？"他怅然地叹了口气，说："不行了，票已买好了，一会人回来就会收拾东西，出去随便吃点饭，就上火车了！"他说着，抬手又看了看表，沉吟半晌，不无感慨地说："你一切都好，那就好啊！好好工作，好好生活吧！……"不知怎的，这话听着温暖，但总有点说不出来的怪怪的感觉。

临别时，我们站在"和平邨"正门口留了影。

他一直站在那没动,目送我离开。我回望他时,他没有像从前那样背着手站着,而是就是双手垂立的姿势,站在原位没动。

我想,岁月真的可以把人改变啊,包括他的性情、特点、风范,真令人悲哀啊!

回家后,我悲情难抑,和泪写了一篇诗文日记,《无缘叹》:

"相别十三载,今喜逢君颜。只怨冰城夏日,未能热却情寒!多少话,已无言,因无缘!黄河岸边几多眷念?五泉山上几邀杯盏?公园小径轻谈。低柳石阶谁相伴?船桨博来几多笑靥!心有千千结,相对却无言!捧黄绿香甜瓜果,梦里几回情牵。却叹,今非昨番!今非昨番!忆昔君,风声谈笑,体健身圆。几多关爱暖心间,却不听心灵召唤!到如今,怨时光流逝,星回日转,怎将旧梦重演!纵心中有泪,看君容憔悴损,疑病几相缠?仍祝望,文君多珍重,体健心安!再相逢时,多几分润颜!"

我的泪溅到纸上，终于，我伏案失声痛哭起来……

半个月后，我的再版诗集出版了。我寄给他一本。在信中，我告诉他，里面有多首与他相关的诗。同时，把上边的那段"日记"抄下来，连同自己演唱的歌曲纪念专辑一并寄去了。什么也没多说，只祝他生活幸福安康！

我没有收到他的回信。

岁月的脚步，从不因你的"驻足"而停留。失去的美好，也不会因你的情痛，而复还你半个旧影。一切都在淡忘和无法淡忘的挣扎、撞击中，撕扯着灵魂。

直到十年后的2013年国庆期间，我忽然想把自己的另外一些发表的作品，和另一张专辑寄给文武君。并向他彻底"坦白心曲"。让彼此释怀这么多年折磨在心的"情痛"，让文武君退休之后的生活多一点舒心和乐趣。

十天之后，我接到了从兰州打来的陌生电话。确认了我的"身份"后，那边说："我们文局长已经去世快十年了。""啊?""这个邮件是给他家人还是退给你呢?"我因这可怕的噩耗而"失语"!只听那边重复着问我是否在听?是不是退回?我强挤出几个字"退回吧!"再无说话的力气。

去世了!快十年了!我忽然想起那次他来时的种种"怪异"之态。我浑身痉挛着,急忙打开日记,并找出那张在和平邨的合影,核对着日期。我瘫坐在地上,再也支撑不起来了。撕心裂肺的悲哀,让我泪如雨下,再也无法抑止。从那一刻起,我陷入了深深的哀痛之中……

懊悔,是可以把人击溃的!而对于真情、真爱的懊悔,是可以置人于死地的。我的神经超常地敏感了!不能听天气预报,只要看到"兰州"二字,心便疼痛万分,结果必是大哭一场;不能被劝,不劝还只是默默流泪,一劝肯定号啕大哭,直哭得自己没力气哭出来;不能回忆,也不能想起和看到与文武君有关的一切,只要"回忆",只要"想起",深深的悲痛便会从心底涌出,而文武君的音容笑貌,再也挥之不去,拂之不僵!只有绝望的悲伤、哀泣……

我无法接受这可怕的事实!无法接受啊!文武君那么喜爱自己,是可以放弃一切的那种喜爱啊!可是，他没有得到半点"回报，"哪怕一个拥抱，一个吻。却是带着自己给他的"情伤"离开这个世界！他不知道，我又是怎样的忍受着压抑"真情"的折磨和痛苦啊！我的心似乎彻底被绞碎、被掏空，只剩下生命的躯壳。

我没有想到真的没有想到，自己封闭、压抑的这颗心，是如此地爱着文武君、念着文武君啊！这种无法承受的痛，几乎让自己彻底崩溃……这难道是上天对自己的惩罚吗？

回想当初，只要向前迈一步，要么进入"天堂"，要么迈入"地狱"。因为自己的"怕"，而停住了脚步。没受到"地狱"的"焚炼"，也没得到"天堂"的"奖赏"！可自己这么多年是怎么过的？与"地狱"的焚炼，又有什么区别？而"受伤"的文武君，又承受了多少折磨？他是带着"恨"走的呀！他一定认为我是个不懂爱、没有真情的人吧？我的爱，再也没有了"告白"的机会了！

我被懊悔撕扯着、折磨着！无论如何也做不到停止悲哀和心痛！我就这样，日复一日地悲泣着，怀念着文武君。直到自己病倒，住进了医院。

出院时已临近春节了。我极力调整自己，不让自己去想、去忆。可是，太多的疑问，时时搅扰自己的安宁。我终于鼓足了勇气，颤抖着手拿起电话，拨通了0931区号和那边的号码。我极力平静自己，最后，在辗转找到的于师傅那，我知道了一切……

原来，2003年夏天，文武君因患癌晚期，准备在北京接受手术治疗，他根本没上班。由于术后身体越来越差，便于不久后不幸去世了！也就是说，文武君在手术之前，匆匆来哈尔滨，只为见我最后一面。

我再一次被巨大的哀痛击倒，又陷入了没日没夜的悲哀！

家人和好友变着法地安慰我、劝我。让我"一定要想开，再过几天就过年了，你这样怎么行啊！"

是啊，马上就过年了，一定要振作起来，否则，对自己、对家人都是不公平的。可是，我就是无法开心快乐起来，似乎今生今世再也不会有笑容了。

我想起了松花江，那是最能疏解我心中苦楚的地方。坐在江边，看着缓缓流过的江水，一切烦恼忧郁都会在不知不觉中散去。这么多年来，它给了我多少情感和心灵的慰藉啊！看着它，尤如感受母亲的手在抚慰自己，而这种"抚慰"，是可以融化自己内心积郁的各种"冰霜"的。记得几年前秋天的一个傍晚，我为排解"莫名的郁怀",独自在江边漫步。想到自己心有所想的那个爱自己、又懂自己的人,在"恨"自己,并不知道自己的无奈和惆怅;想到身边的这个爱自己、却不懂自己的丈夫,又因工作常与自己"两地分居",更是无法知晓自己内心深处的孤独与落寞,不免心生感叹与酸楚。我坐在江水边第一道石阶上,嘤嘤地哭了,哭得情痛心也痛。然后,我又到"江畔餐厅"喝了酒,只为疏解一下心情。回到家已很晚了,可仍觉"余悲"未尽,遂提笔写了两首【浪淘沙】词:

（一）秋情

疏帘隔不住,皎月临窗。菱花空对美娇娘。

闲庭不理屏雀事,竟自彷徨。

玉兔（指月亮）无相语,心系何方？

莫道迟眠怕梦乡。

咫尺天涯均不得,寸断柔肠。

（二）秋伤

雾淡云稀处,小月含窗。薄衾难耐晚来霜。

泪湿方觉红棉冷，怨怀情郎。
无缘话衷肠，暗锁心香。
红汁醉尽女娇娘。
还忆亭前花弄影，雁迹行行。

  我不知道我在写什么，写给谁？我也不知道我在倾诉什么，在向谁倾诉。只有泪，潸潸流淌。
  是的，我要去松花江边，坐看滔滔江水东流去，让江水带走我的哀痛和思念……
  我穿好厚绒衣裤和长款狐狸皮大衣，戴上帽子、围巾，鞋也穿了最保暖的棉皮靴。因我知道，三九天坐在江边会很冷的。多穿点，可以多坐会儿。
  我来到江边。可我惊呆了！我发现我的脑子真的有了问题。松花江，哪有什么滔滔江水啊，而是白茫茫一片冰雪景象。我沮丧自己的错乱，只好沿着清冷、寂寥、没有任何经营活动的江岸，避开冰雪乐园的喧闹，向前走去。
  天空灰蒙蒙的，虽然是下午，却看不到一缕阳光。迎着凛寒，脸上留下了丝丝的"刺痛"感。我急忙把大衣领立起来，遮住半个面颊。
  江岸上行人稀少，而且都是行色匆匆，急欲

"奔"向哪里的样子。只有我一个人，落寞、惆怅、失神、忧伤地迎着"寒风"，漫无目的地向前走着。

　　江面上，不时传来人们的欢笑声；雪地摩托的油门声；圆形冰面上，人们驾驶碰碰车的嬉闹声；还有被红红绿绿装饰着的、观光棚靠马车老板，不停地吆喝声。我还看到那冰雪乐园旁边的、用冰筑起来的长长的滑梯顶上，排满着很多人，不光是孩子，还有他们的父母，甚至老人。人们要么在这里坐雪爬犁、要么在那边溜冰、打冰尕，还有人在凿开的冰池里冬泳。所有的人都在快乐地享受着冬之美韵。只有我，倚栏而立，丝毫未被感染。好像我是另一个世界的人。

　　天空渐渐暗下来，我继续漫步向前走着。忽有一热闹处，把我吸引住。原来，那些人在放"许愿灯"。我眼前一亮，径直走过去。

　　我买了一个灯，几个人忙着帮我打开。我心情有些激动地想着"愿"！我要告诉文武君，我一直都深爱着他，让他别"恨"我了。我一定会在春暖花开之后，去兰州"看"他，为他扫墓。如果有来生，如果他还那么爱我，我希望他第一时间出现……

　　我的许愿灯点燃、放飞了。它在慢慢升起，眼看就要与头顶上空那十几个灯汇合了。可是突然,它改变了方向,快速飘去。我一惊,问:"那是什么方向?""是西南""新阳路方向"。众人答。

"哦!那就对了!那就对了!"

我激动得有泪要涌出来了。因为,那是文武君的方向,那是兰州的方向啊!文武君的在天之灵知道我的心、知道我的爱了!还有什么比这更安慰的呢?

那几个人,一会看看我,一会又看看远去的灯,迷惑不解的样子。因为那天,一点风也没有,所有的"许愿灯"都升至头顶上空。只有我这盏"许愿灯",如有丝线拴着被人拽走似的,直奔西南方向。

我的心空前豁亮,一丝笑意浮在脸上。我没做解释,便离开了那几个还在"瞠目结舌"的人。

平静地度过了春节,我没有再哭。如往年一样,串门、待客、打扑克,吃大鱼、大肉,然后再吃冻梨、冻柿子及各种鲜果。我盼望着春暖花开的日子。

终于,我又踏上了兰州的土地。

车站前，人群鼎沸、车流滚滚。再也没有了从前的那种幽雅、宁静。

我望着眼前熟悉又陌生的一切，不禁心潮起伏、百感交集。只轻轻念着一句："兰州，我来晚了！我来得太晚了！"便哽咽起来。

一阵风夹着一丝凉意袭过全身，也吹乱了我的头发，遮掩了我挂满泪珠的脸颊……

扫墓那天，是严处长和于师傅陪我去的。我身着一袭白色衣裙，特意到花店，选了一朵白色的玫瑰花。发髻处，也簪了一朵小白花。在去往墓地的途中，坐在车后座的我，只觉神情恍惚！似乎自己已坠入空蒙的境地。那境地没有上下，没有左右东西。浑浑然不见大地与天宇，惶惶然不知心中喜与悲！我屏住呼吸，心中默念着："文武君，我终于达成心愿，来为你扫墓了！我终于来看你了！"一丝欣慰感，掠过心扉，却有酸楚的泪，溢满眼帘！终于，泪水悄悄滑落，滴在美丽芬芳的白玫瑰上，也滑过我擎花的手臂……

天空阴阴沉沉的，看不到太阳指引的方向。所以，我不知车子驶向何方？只有肃穆的脸，映着肃穆的心。

不知过了多久，我们终于来到文武君的墓前。那一刻，我呆住了！全然失了知觉！我似乎不敢面对和承认眼前这个事实了。

望着冰冷的墓碑和刻在上面的文武君的名字，心，再也无法扼制怦跳和疼痛；再也无法承受用这种方式"见面""表达心曲"的悲哀！我浑身颤抖着，双手拂面，失声痛哭起来……

"文武君真的不在了！永远离去了！这世上真的再也没有文武君了！"想到文武君对自己的那份真情和百般关爱；想到文武君到死都没能明白自己对他的爱；想到他被自己拒绝时的痛苦表情，还有决绝离去的背影……那一刻，已如万箭穿心，无法支撑！

我强忍住悲恸，泣声说着"对不起"三个字，向文武君的墓碑三鞠躬以"谢罪"！

可望着文武君的名字，看着那朵象征纯洁爱情、却毫无血色的白玫瑰，泪水喷薄而出，再也无法抑制悲伤，我号啕大哭起来……

撕心裂肺的悲号，回荡在山谷；痛彻心扉的恸哭，涌动在风间。我被眼前的"事实"，彻底击垮了……

"文武君啊，你是真的离世了！我再也见不到你了是吗？为什么会是这样？为什么不给我一个"真情告白"的机会？难道你就是为报复我、让我悔恨伤痛吗？你好绝情啊！

你难道不知道？今生今世，对你，我没有任何所求。只要你活着，好好在那个完整的家里活着，不要斩断我对你的情丝和祝福！哪怕这辈子都不再见面，只要你活着，只要你最终能知晓我的心！可是，你就这么悄悄地走了！早早地，对我隐瞒着一切、带着怨与恨走了！让我再也没有了"解释"的机会，你让我情何以堪啊？文武君，我恨你了！真的恨你了！你怎么可以这样自私啊！

'十年生死两茫茫，不思量，自难忘。千里孤坟，无处话凄凉。'

回想这么多年，我的爱，始终被你'垄

断着'，被你的情感'囚禁着'！为你默默流了多少委屈的泪、真情的泪，你知道吗？放不下这爱的我，又因你孤独地度过了多少个春秋！悲怀欲诉时，我只能遥寄明月，诉说相思；折磨无助时，我只能用唯一可告慰自己的"对你的祝福"来抚慰自己脆弱的心！这些，你都知道吗？

这么多年过去了！君难见，梦不得！相思难诉，真情难收！多少美好的回忆和伤痛的记忆，时常变幻在脑海，却只能隐郁在怀！你让我如何能过得开心、幸福啊？

如今，你英年早逝，就这么悄悄地撒手人寰了，把我唯一的'安慰'也带走了！你让我如何不痛断肝肠啊？你是把我今生欠你的情和爱，统统变成了'痛'，并让这'痛'，伴我余生！你太自私了！文武君，你怎么可以这样……"

心，在疼痛的颤抖中挣扎，情，在绝望的泪水中倾诉！似在默默追祭逝去的那份纯真与美好；又似在用心倾吐积郁在心里 24 年的悲苦与相思……

"过去,我曾孤独地度过了近十年光景;而如今,你竟然也默默地在此'凄凉之地','栖息'了快十个春秋。我们都怕影响到对方,而隐瞒着这一切。可这痛,又如何能隐瞒得了呢?还不是以更痛的方式,折磨你我啊……"

我忽然觉得,我当初的"决定",是不是真的错了?我的心,为何如此疼痛?

我的耳畔响起了巴基斯坦电影《人世间》里的那首歌:

"我的心儿在颤抖、在哭泣。
我的希望在窒息,我的理想成为泡影。
我在人生的旅途上彷徨,找不到归宿!
我错就错在,我没有任何过错!

我望眼欲穿,悲愤难忍。
命运的捉弄,心灵的痛苦,找不到任何

抚慰！

我错就错在，我没有任何过错……"

我在心里用这首凄绝哀婉的歌，倾诉着悲哀！

绝望，悄悄爬上心头。我望着那墓碑和刻在上面的文武君的名字，似乎看到文武君正含笑看着我。那么怜爱、那么深情。

我突然有种想撞上去的冲动！

"生不同衾死同穴！""生不同衾死同穴！"那便可以成全了此生，了却一切了！

一丝欣慰感油然而生！哭声戛然而止。一刹那，我陷入一种懵懂呆滞状态，直视那墓碑。

背对我的他俩，忽然转过身来，向我走过来两步，有意无意地看了我几眼。然后，于师傅拿起毛巾，再次擦拭起那墓碑来。他擦完文武君的名字，又擦旁边那个贴着胶带纸的女人的名字。那一刻，我如当头一棒、雷电一击，突然"惊醒"过来："同文武君合葬的，应该是刻了名字的这位、应该是他的三个孩子的妈妈，他的妻子。是与他日夜相伴的这个女人啊！我没资格，也没权力与文武君'死同穴'啊！"

想到今生今世没能和文武君同衾共枕，即使死了，也没有可能与文武君同穴而葬，另一种绝望和悲哀直戳心底！我泪如泉涌，终又大放悲声……

　　下午吃饭，是我请的二位。只为表示感谢，只为多了解一点文武君。可他们的话里话外，充溢着惋惜和对我的"抱怨"！说当年他们和文武君在一起时，常常提到我，而一提到我，文武君都会喝很多酒。看他是笑着的，其实他的心里是苦的、是遗憾的、无奈的。他总说一句话，"只要她过得好，就行了！"

　　说到他的家庭，他俩摇头叹气的样子，然后说"其实自打年轻那时起，就一直不太和谐。可能与文化差异和性格不同有关吧……"

　　我的心一惊，忽然有种说不清的触痛的感觉："难道我的文武君，一生都是在烦恼和不如意中度过的？如果我早知道是这样……"我有些哽咽了。

　　"至于工作嘛，虽然压力很大，很忙、也很累。但他毕竟是多年的厅长了，工作起来还是很得心应手的。曾有一次'上调'部里的机会，被他拒绝了。他说他就喜欢兰州，哪也不去。因为兰州有他的一切！应该也包括对你的回忆、思念吧！"他俩你一句我一句地说着。

  我无语。只是，泪已涌出，淌满脸颊。

  那一夜辗转反侧，万千思绪掠扰心间。我不知道，当初我自感高尚、伟大、善良、无私的决定——拒绝文武君，成全他的家。是对了还是错了？而由此造成的，我和他的折磨与痛苦，值，还是不值？这个决定，没有让我背上另一种沉重的"十字架"，却让我一路走来，拾捡一路的悲伤！而文武君也早早地"离去"了！如果当初不是如此，那会是怎样的呢？我不敢继续想下去，只有深深的痛，伴随着深深的懊悔……

  次日，天气温暖晴和，如24年前的那日一样。我独自一人，穿着那一袭白色长裙，来到雁滩公园。只想走一走，我与文武君曾并肩走过的湖边小路；重温一下，鲜花和柳枝相伴的小路上，文武君娓娓倾谈的音容和深情。

  路上，一拨又一拨人走过我身旁。缓缓行走的我，似乎什么也没注意到。只有文武君当年的风采、笑容依稀浮现眼前……可如今，物是人非了！只有无尽的相思和心底的忧伤，伴着我孤独徘徊的身影。

一树树盛开的桃花映入眼帘,触动心扉。是台湾哪部电视剧里的歌了?我望着这一树树桃花,不禁凄然地轻声哼唱起来:

"去——年今——日此门中,人面桃花——相映——红。人——面不——知何——处去,桃花依旧——笑——春风!啊——"

我突然抑制不住情绪,扶住湖边桃树哭泣起来。有几个人紧张地看着我,不肯离去的样子。我知道,他们是怕我有什么想不开的事吧。终于,我止住了哭泣,看了他们一眼,意思是告诉他们:我没事。

雁湖,还是那么美丽、那么大。郁郁葱葱的垂柳、花树,把它掩映得如诗似画。湖里有许多船在悠悠地划着、嬉闹着。可我知道,再也不会有我要找的那个"画中人"了!我想到了文武君,"笨"得可爱的划船样子,我想到了我为他擦汗时,他抓住我手腕的那一刻,动情地喊我"梦儿"那热烈的表情……

我的心一阵阵抽搐、痉挛、甜蜜和疼痛。我呆立在那，心碎地望着空空的想象空间，如一座雕像。

　　雁湖啊，你留给我多少美好的回忆啊！可这些回忆，最终只化成一个梦影，一个最凄美的梦影啊！

　　我恋恋不舍地离开了雁湖，离开了雁滩公园。

　　按照计划，第二天上午我要去"五泉山"走一走。

　　一大早，我就乘车奔向那里。

　　夜雨初寒还未散尽。上山时，衣衫单薄的我，稍感凉意。我从挎包里取出大披肩，披在身上。一个人，总是被旁人落在后面的向前走着。

　　山上林丰树茂，一如从前。上山的主路，已搭建成雕梁画栋式的长长的亭廊，让游人免去了日晒雨淋之忧。只是，我却没了许多的兴致。我只想找到半山腰的那个茶楼，然后坐下来，细细地品味那香甜浓郁的"三炮台"；细细地从上面俯瞰美丽的兰州城；细细地回味逝去的"曾经"……

　　茶楼还在，只是不知哪里有了改变。是人多热闹了吗？还是华丽的装修影响到素雅。我寻了一处视野开阔又安静些的边桌坐下，俯瞰着高楼林立、霞蒸蔚敛、晨雾迷蒙的兰州城。我无法不让心潮跌宕起伏!心旌驿动之际,只想着这一句:"这就是我的文武君,一直生活的地方啊!"

他热爱这个地方,因这里有他的工作、事业、朋友、家庭;有优美特殊的地理环境;有四季分明、舒爽宜人的气候。他曾不止一次地让我来这,我何尝真的不愿意呢?只是……

我不愿再深想了,一切都过去了!一切也都化为乌有了!

我轻轻地叹息着,端起已泡出味道的"三炮台"盖碗茶杯,慢慢啜饮。这一次,我要喝个够,看个够。不像24年前,文武君见我喝不够、看不够的样子,呵呵笑着。然后温情地、左劝右说地让我起身上山。那些天,我是无比幸福、无比快乐地享受着文武君给予我的每一个笑容、每一句话语、每一个关爱、每一个眼神……

文武君啊!聪明睿智、柔情似水的文武君啊,你让我如何能不真心爱你?你让我如何能忘记你?可是如今,你在哪里啊?我忍不住啜泣起来,泪,滴进了茶碗里……

我就这样,哭哭停停、停停哭哭地在那坐了几个小时，全不管旁边或背后的人，那惊异的目光和奇怪的手语。直到中午了，我才怏怏地离开茶楼。

我漫无目的地走在七拐八弯的上山幽径上，几乎忘了欣赏山中美景、驻足胜迹传说。我满脑子都是文武君当年如导游般给我讲这、讲那的样子。还有他那特有的、背手站立的昂扬的风姿！我的心，时而甜蜜、时而隐痛。抬眼间，我突然看到了那个掩映在树冠中的、当年文武君不想与我照相的"半月亭"。我心里一惊，突发联想——"半月亭""'半月''停'"！记得是我当时执意要在那里照，文武君只好和我坐在台阶上，照了张合影。

"半月亭"啊！"半月""停"，你是"谶言"吗？如果我当时不和文武君在你旁边照那张像，是不是我们的缘分，就不会是仅仅那15天呢？我的心，生出一丝悔憾！我又突然想起，文武君送我的那个我异常喜爱的小录音机，在他最后那次来哈后不久，突然就不能播放了。修理部也无件可换。我很难过地写了一篇日记，然后把它收藏起来。我又想到，文武君送我的、样子极特别的小座表，竟然在我得知文武君去世的噩耗不到十天，就"停摆"了。我以为是电池没电了，便去修理部换电池。可是，无论换多好的电池，它就是不"走"。修表师傅见那表，除了电池处是露着的，其他部分全密封在壳子里面，不知如何打开它，便不敢修了。我又去过其他几个修理部，都同样答复。我只好作罢，可心里却难过极了，毕竟它陪伴在我案头 24 年了啊！我不知道这一切皆是巧合呢？还是意味着什么、暗示我什么呢？难道是文武君的在天之灵不让我看到，能让我想起他的一切？哪怕是一个我十分喜爱的小小纪念物？我的心，一阵颤抖，伴着丝丝隐痛！

不知又走了多久，忽见花池旁有一家餐厅。会不会是我和文武君当年吃中午饭、"讲故事"的餐厅呢？我走过去，完全找不到旧影。人较少，怅寞的我，就坐了进去。我很想喝酒，喝一大杯啤酒，让心情好过些。然后就下山，我还要去黄河边，故地重游。

缅怀，是会让人心情沉痛的。而这种沉痛的心情，又会加重这种缅怀。缅怀中，又不得不叹惋：人生无常，世事无常！好在是，真正的爱情是永恒的。只是，当这爱情"失去"时，就是把心割开之时。被割裂的心，将永远不会再愈合，直到流尽最后一滴血。

一丝幽怨，覆压心头，无以疏解。

在去往黄河岸边的途中，我靠在出租车后座上，在心里一遍又一遍地唱着一首歌：

"都说那有情人皆成眷属，为什么银河岸隔断双星。

心有灵犀一点通，却为何劳燕分飞各西东？

早知春梦终成空，莫如当初不相逢。

恨重重、怨重重，人间最苦是情种。

一步步追不回那离人影，一声声诉不尽，未——了——情！"

也许某些歌，注定是写给某些人的。我一遍遍在心里唱着，似乎只有这首歌，才能抚慰我此刻绝望、充满怨悔的心。

司机没有打扰我的"宁静"，一直把车开到了"黄河母亲"雕像附近。我从小路穿过花繁树茂、规划别致的河畔公园，径直来到黄河边。

奇怪，见到汹涌咆哮的黄河，我怎么一点不激动了呢？相反的，倒有"心如止水"的感觉。为什么会是这样呢？难道就因为我不是第一次见到黄河吗？

"第一次"，多么宝贵的"第一次"啊！可能，许多时候，激动和心跳，仅仅属于那个"第一次"吧！就像自己把激动、心跳给了文武君后，再遇到什么优秀的男人，都无法让我有心动、心跳的感觉了。

我呆立在黄河边，看着黄河那大朵的浪花。它们都似在向我微笑，向我问候！可我却没有读懂它们内心的语言。就像文武君，没能完全"读懂"我一样！他是带着"伤"和"怨恨"离去的呀！他"走"了，却把伤痛留给了我，让我懊悔终生……

在"黄河母亲"雕像前，我仰望了很久，但没有哭。可那24年前，我和文武君来到此处时，我为什么那么悲怀、那么委屈地哭了呢？是什么样的复杂情感，让我情不自禁地哭泣了呢？

我依稀觉得文武君就站在我的身旁。因我似乎又闻到了他身上特有的清醇的体香，感受到了他宽厚的体魄和胸膛。我多想扑进那怀抱、那胸膛啊！那是我今生今世的渴望啊！可是……

泪，终于伴着我的哽咽，恣意瀑泻下来……

旁边不远处的黄河边，稀疏的柳树林里，摆有几排简易的茶座。因在那休闲喝茶的人不多，倒显出几分幽静。我向茶摊走去,希望能借此理清一下我纷乱的思绪,舒解一下我悲郁的情怀。因我还不想回住处,还想多看一会儿这山、这河、这美景。多感受一会儿,我曾久违的、却是一直真心眷恋着的兰州城!

已晚上六点多了,可太阳仍毫无倦色地挂在天空中。天上没有一丝云,地上没有一丝风。一切都显得那么静谧。我选了离河边最近的、靠柳树的茶桌旁坐下,长长地吁了一口气。然后,静静地望着对面楼台掩映着的群山;静静地看着脚下滚滚流去的黄河水。不知不觉的,似乎一切都静止了……

"天空,无声无息。我看不见你。

风吹过的记忆,点点滴滴梦里。

醒来的心,未曾平息。

时间的眼泪一滴,落下竟如此美丽。

忧伤了岁月的呼吸,化解了凝结的回忆。

用一生寻找自己,心底那宁静的痕迹。

触摸你目光的日子里,温暖,不只是——记忆!"

此刻，这首电视剧插曲，已让我陷入深深的忧悒之中！

茶坊主人"惊扰"了我的"宁静"。只见他热情地一手提着个大暖瓶，一手擎着一个高高的玻璃杯，打着招呼来到我面前。

他往装了三炮台茶的大玻璃杯里倒满了水，一边叮嘱着，一边笑呵呵地将大暖瓶，放在了我的脚边。他走了。我似乎还没回过神来，怔忡地看着那杯三炮台茶，看着里面圆圆的桂圆，还有，红红的枸杞……我什么也没想，却仍心有所感，泪水，溢满眼帘，扑扑簌簌滚落下来……

终于，我躺靠在高高的藤椅上，放松了身与心的疲惫。我闭上双眼，任丝丝柔风抚过我全身，让河水的轻啸，悄入我耳谷。我依稀感觉到，那柔风中萦蕴着文武君的细语；那河水的轻啸里，掺挟着文武君的笑声。忽然，我觉得文武君来到了我面前，且就坐在我旁边。笑意融融地与我一同品茶，一同欣赏美景！那感觉是那么的真切，真切得让我心跳神慌起来！可我不敢睁开眼，我怕睁开眼，就会不见了文武君……

太阳西沉了,我迈着沉重的脚步,回到了我下榻的宾馆。

严处长和于师傅已等在那儿。一问才知,他俩已等了两个多小时了,要请我吃饭。我推不过,只好应允。好在宾馆附近就有大酒店,不用劳乏车脚。

于师傅变化不大。只是加了一副眼镜。快60岁的人了,还显得比较年轻。严处长稍显苍老,头发花白了也没染一下。他俩相差一岁,一个还没退休,一个刚刚退休。不知为什么,我好像不愿见他俩。因为,见到他俩,我便会想起文武君,就会不知道与他俩说什么好。是该高兴地回忆一幕幕情景?还是该悲伤地回述一段段往昔!

好在"严"和"于"是一直跟在文武君身边的,关系处得也不错。我和文武君的事,他俩都知情。可说的话,还是很多的。我们沉静而淡淡地谈着。

他们谈到了文武君在台上给全局人开会讲话时的风采和水平;还谈到文武君写了好几篇,有关经贸改革和经济发展的文章,在省级有关刊物上发表;谈到他的为人、他的魄力、他的魅力……他俩几乎异口同声:"他在各方面都那么优秀!而他的优秀,是可以让男人、女人仰视的!"

我深叹一口气："是啊，文厅的确是个非常优秀的男人。不知他平时都有什么爱好？除了关系至近的朋友、同学，应该不乏'红颜知己'吧？"

"红颜知己？没有，绝对没有！这个我可以肯定！凭他的相貌、身份、地位和才华，他的要求那么高，得啥样女人能入眼啊！何况他心里……"于师傅看了我一下，感叹地摇摇头。

"是呀！那么多年，整个系统内外，都没人听说他有一点绯闻。这在厅局级的领导中，恐怕也是独一无二的。"严处长接着说。

我的心情更加沉重起来，沉重得有些酸楚。

"至于爱好嘛，"于师傅想了想接着说："还真没发现他有其他的业余爱好。除了散步，他爱听音乐，也爱听歌，有时还让我去给他买他喜欢的歌带。他唱歌也挺好听的，但我只听过他唱《涛声依旧》。"

"我也只听他在聚会上唱过《涛声依旧》。"严处长也如此说。

"《涛声依旧》？"我的心惊得一翻个。只觉得大脑和两耳顿时轰鸣，陷入一种混沌状态，再也听不见他俩说话了。我竭力在脑海里搜寻着，可怎么也想不起一句完整的歌词来。我只知道那是根据一首古诗

《枫桥夜泊》演绎的：

"月落乌啼霜满天，
江枫渔火对愁眠。
姑苏城外寒山寺，
夜半钟声到客船。"

　　张继的这首孤舟客子、卧听疏钟、充满离情笃思的诗，所沉积的充满砭骨寒意的丰富情感，又怎一个"愁眠"了得？
　　《涛声依旧》！
　　我依稀记得，这首歌不仅承袭了古诗中蕴含的那份孤子寂寞的浓浓的情愁，而且充满了对失去的美好爱情的悲怀和追忆，还有，寒夜无眠时，那无尽的相思……
　　我的浑身掠过一丝寒意，感觉四肢的汗毛孔都张开了。心，也随之沉郁悲伤起来……

"带走一盏渔火，让它温暖我的双眼。
留下一段真情，让它停泊在枫桥边。
无助的我，早已疏远了那份情感……

留连的钟声,还在敲打我的无眠。
尘封的日子,始终不会是一片云烟。
久违的你,一定保存着那张笑脸……
月落乌啼总是千年的风霜,
涛声依旧不见当初的夜晚……"

我的心,几经痉挛,再也控制不住情绪,我伏案失声痛哭起来……

我不知道,文武君唱这首歌时的心情和样子。但我知道,这首歌一定包含了他对我、对我们爱情的深深的怀念和追忆!包含着他内心深处的孤寂与痛楚……

良久,我止住哭声,但泪,仍在涌流。于和严在一旁唏嘘着,叹惋着:"要是当年你们能在一起,文局一定还健在。因为,人的心情、精神很重要啊……"我又哭了,那是伤痛的泪水、锥心地懊悔和恼恨自己的泪水啊!

这时,于师傅起身打了一个电话,说了一会儿话后,就走过来把电话递给了我。我很奇怪地接了过来,"喂?""我是老侯啊!"

是侯局长的电话,语气深沉激动。

"小李记者呀，听说你来兰州为老文扫墓，我很惊讶呀！也很感动！真的。更为你和老文遗憾啊！现在我才明白，当初你拒绝老文时，他为啥那么痛苦不堪；我曾劝他'鱼和熊掌可以兼得'时，他为什么险些和我翻脸。他太在乎你了。那些年，他是一直都没有忘记你呀，每次谈到你时，他都是一脸的失落和痛苦。当年他是下了决心要离婚娶你的呀。我当时还真觉得老文在这件事上犯傻。因为说实话，我从来就没信过这世上有什么真正的爱情。在我看来那些爱情故事，都是瞎编的，是人们对美好爱情向往的一种精神安慰而已。可今天，我相信了！真的。我相信在这个不怎么美好的人世间，确实存在真挚美好的爱情。"他停顿了一下，"哎呀，我被你们俩的真情打动了！真的！"

我忍不住啜泣起来。他也似乎有些哽咽。

"都这么多年了，不容易呀！两个人都一直心存彼此，真是造化弄人啊！小李呀，我现在上海，如果在兰州，一定会请请你，好好聊一聊。哎呀，毕竟这么多年过去了！他已经不在了，节哀吧！照顾好自己，我想，这也是老文所希望的呀！……"

"谢谢您，侯局长，也希望您多多保重！……"

电话挂断了，我坐回桌前，疼痛的心，再也无法平静。终于，盈满眼帘的泪水，兀自流淌下来。

说到文武君临终前的一切，严处长和于师傅相互推诿着，欲言又止的样子。我忍住泪水，忧心地鼓励他俩说："没关系的，人都不在了，还有什么比这个事实更让人接受不了的？"

严处长说："他去世前不久，曾把家里人全都撵走，也不见来看他的人。一个人在家里待了一整天，还用铝盆烧了许多纸、本。弄得满屋纸烟味，连'抽'带'放'了好多天。"他又说，他俩曾小心翼翼地试着问过文武君，要不要告诉我，去兰州和他见最后一面。他断然拒绝了："不要打扰她的生活！不要告诉她，影响她！再说了，我这个样子，会吓到她的……"

我们只觉得当时提到你时，他的表情很复杂，又好像很痛苦。那时，他的头发几乎掉光了……

看来，文武君没对他们说，来哈尔滨见过我了。我想象着文武君的样子，心中痛楚不已。也许，他也希望我到病床前陪一陪他吧？我的头忽然"晕"了一下，长长地吁了一口气，和泪将一杯啤酒一饮而尽！

严处长见我心情又悲郁了,连忙说:"其实,在这一世有'未了情'的人,据说下辈子一定会做恩爱夫妻的。"他把我逗笑了,尽管那是苦涩的笑。

末了,我告诉他俩,我已在宾馆旅行社接待处报了名,明天就和旅游团去敦煌"三日游"。回来再在此处住一晚就走了,恐怕不能见面了。非常希望他俩到哈尔滨旅游。

我失魂落魄地回到房间,已经很晚了,但又必须打点好次日的行装。我把双肩包拿出来,装上必备的东西,又找出一套白色休闲衣裤和白色的旅游鞋,准备路上穿用。然后,把里面夹着一张我和文武君风景照片的小本子,装进包里。就让文武君这样陪着我去敦煌吧。最后,把大包拖到服务台寄存,退房两天,留房一天。安排好后,我才疲惫地沉沉入睡。

眼前一片迷蒙。

我一个人沿着一条弯曲的路向前走着。忽然,迎面不远处停住一辆车,车上下来两个人,一个是于师傅,另一个竟然是文武君。我大惊!一时怔住!仿佛一下子回到了从前。我的心怦怦跳起来。只见文武君径自走来,他还像当年那样神采奕奕的,只是不似原来那样喜笑颜开的样子,而是一副和蔼可亲的表情。他用一种极深情的目光看着我,叹息似地说:"我怎么也没有想到会是这样,要是知道是这样,我一定不会放弃的!可现在,一切都太晚了!都不可能了!"

"不!"我大喊着奔过去。这一次,我要扑进他的怀抱,我要文武君紧紧拥抱我、亲吻我,我还要和他做爱⋯⋯

可是,我什么也没有触到,我愕然地望着文武君。

他叹息一声,"我只有这一点时间,马上就得走了!我们只有等来生了!来生⋯⋯"

他说最后一句时,是边说边快速退去,说最后两个的字时,人已退得很远很远,几乎变成小光点⋯⋯

文武君的突然出现又突然离去,让我不能自已,我拼命大喊着文武君的名字,我泪眼模糊,眼前已是混沌一片。我发现,我正站在万丈深渊的悬崖边,我下意识地抬手滑向云雾,我感觉像触到了墙上。我再次用手碰触并拨开着云雾,此时,奇异的事出现了:只见眼前出现了一扇门。只是那青灰色的门是看不见上下边缘的,只有一条龙活生生地刻画在门上。龙头很大,就在门把手旁,龙身摆动着将龙尾甩上门的上方。

"是门?"我很惊讶!"那文武君一定在里面。"我拼命撞击那门,同时大声呼喊着:"文武君,我要见你!我要见你!你别走,我要见你……"我已泣不成声!就在我快要绝望的最后那一撞,门开了,我喊着文武君的名字冲到里面。房间里,似乎什么也没有。我透过迷雾看到了文武君,可只看见了脸庞。见我进来,文武君忙向上方请求,再给他一点点时间,现他全身,只为再见我一面。上方答应了,立时文武君就显现全身,站在我的面前。

他走过来,温和地笑着,轻拥我于怀,没有吻。我有些莫名的遗憾!就用手轻轻拍了他的肚子一下。他立刻笑着把衣服和背心掀起来,我又拍了他一下。心想,"他怎么既不似当年那样圆润,也不像生病后那样羸弱呢?"这时,文武君突然说,他要走了,只有这一点时间,他必须遵从。他什么也没问我,只是默默看着我,喃喃地说:"来生来世,你等我吧!"我含着泪,没有回答"我等你",而是说"来生来世,你等我!"我们四目相对,如梦似幻!突然,似有一种巨大的吸力,将文武君吸走。他拼命喊道:

"来生，你等我！"我哽咽着急应："来生，你等我……"我向前追去，却被两个人拉起两臂，蛮横地向后拖出门外。我呼喊着文武君的名字大声哭嚎起来……

我把自己哭醒了。

"文武君？是文武君？我梦到了文武君！我梦到了文武君！"我慌乱地从床上爬起，奔到窗前，我想再看一眼文武君，可是，除了沉沉的寂静笼罩着暗夜，什么也没有。我想着梦中的景况，回忆着文武君生前的一幕幕，再也抑制不住悲伤，任泪水流到天明。

终于来到敦煌了。尽管我无数次地在电视上、画报上见过敦煌壁画，可到底没有亲眼所见来得震撼！我终不明白，武则天和历代皇帝为何要让那么多艺术巨匠，在如此人迹罕至的地方，把至臻至美的雕塑及绘画艺术留刻于此？难道当年这里是繁华之地？且有万千僧众在此居修？还是这里过于隐蔽荒漠，泥石崖壁适合雕刻、绘画及保存？如果不是当年那个无奈又无知的王道士，为了一点"小钱"，就让大量的佛像、壁画等无数珍贵的宝藏流失国外,那今天的敦煌文化宝库,将更加灿烂辉煌啊!

　　大西北啊,多么神奇的地方啊!丝绸之路又是多么令人神往的远古商路啊!不知为什么,有太多的问号在我脑海里"盘桓"。只是,我的心情,还是沉重得提不起太多兴趣。

　　我们一群人,一个窟一个窟地参观着。突然,一尊佛像映入眼帘。"那不是文武君吗"?我顿时惊呆!心脏马上失了节律。我看着那尊佛像,越看越像:"方正圆润的面庞、笑意融融的表情、薄唇巧笑的嘴角、垂目而视的神思……啊!真是太像了!太像了!"我有些心乱神慌了!难道,文武君是佛菩萨转生?现如今上天特让我这个痴情女看到文武君"原身"?是告慰我?安慰我吗?我这样想着,却情不自禁地哽咽流泪了。人们又都去另一"窟"了。我仍站在那,痴痴望着酷似文武君的那尊佛像。直到又有一群人进来了,我才离去。至此,我的脑子里再也装不进其他了,只有酷似文武君的那尊雕像。

　　游"鸣沙山"和"月牙泉"安排在游程的最后。但这却是我最急着看的。好像我这次来敦煌,不是真正意义上的游敦煌,而是想看"鸣沙山"和"月牙泉"。

终于到鸣沙山、月牙泉了。我的心有些激动起来。那是文武君曾讲给我的一个美丽动人的"神话故事"。不，是真实的，是爱情故事。

文武君说："千百年来，鸣沙山会因一阵风沙吹来，而瞬间移位几百米。也可能一夜之间，它就会因风沙吹来而换转了地方。但是，奇怪的很，无论鸣沙山移位到哪里，那一汪'月牙泉'就一定会跟到哪里。而且永远是那么一汪，永远也不会被风沙掩埋，永远也不会干涸……"

我被他讲的这个故事深深感动了，而且一直在心里感动着。因为，那是忠贞不渝的爱、不离不弃的爱、生死相依的爱啊！一个人，如能拥有这样的爱情，该是多么美好、多么幸福啊！

站在鸣沙山和月牙泉旁，我没有侧耳聆听鸣沙山的风笛声，也没有像其他游人那样，上一步退半步地攀爬着鸣沙山。我只想静默地向这对"爱侣"致意，感受它们那让人类艳羡的、永生永世相偕、相依的幸福！

我突然有一种冲动，急忙拿出文武君与我并肩而坐的风景照片，用小剪子剪去其他部位，只留下完整的我和他。然后，把手机上套着的塑料袋拿下来，装进了照片，压好封口。我望着这一方照片喃喃地说："文武君，既然今生我俩无缘相守，那我就把来生许给你！你听见了吗？"泪水挡住了我的视线。

我把照片抚在胸口，寻了一处离鸣沙山和月牙泉最近、却又没人去走的沙地，将照片深深埋在沙海里。让这爱、让我对文武君的承诺，在此见证。

我想，那塑料袋，也许是不"降解"的，那便可以留存得更久些。留在此处几十年、几百年、几千年……也许，在那处沙面上，会开出两朵小花，从此装点并绚丽着大沙漠的世界。我又将矿泉水瓶倒净了水，在那里精心装满了金黄的细沙，我要带回去，永远留作纪念。

我从敦煌回来了。脑海里除闪过石窟中美仑美奂、神奇妙曼的飞天舞姿及惊世壁画、雕塑外，总会痴痴地想着那尊酷似文武君的佛像，还有鸣沙山和月牙泉以及埋在它们旁边的，我和文武君的照片。

我感觉，我来兰州，该做的事都做完了。心里该有种"释怀"的感觉。但不知怎么，还是那么沉重，沉重得支撑不起精神和身体的任何一方。

我躺靠在床上,那是几天前我住过的房间。我闭着眼睛,感觉着身与心的疲惫。

忽然,床头电话响了,是服务员叫我下楼取一封信。信?谁给我的信?奇怪!我坐电梯下去取那信。

信是用报纸包的,上面只写了我的名字。我撕开了报纸,里面是一个彩色信封,是贺卡的那种。再一看,"李梦儿亲启"几个字,我的心一下子跳到了嗓子眼,那是文武君的字啊!我慌乱地把信抚在胸口,怔在那里。我的脑海里一片空白、没有了思路。

"需要帮忙么?"服务员微笑着问我。"哦!要、要剪子,有剪子吗?"我声音有些颤抖地说。

我小心翼翼地剪开了边缘,转身坐到大厅靠边的单人沙发里。我急切地要看这封信。可是,我的手却在发抖,怯怯地,不敢拿出里面的贺卡和信。我抚着信封,泪刷刷地流淌下来。我不能让旁人看见我"失态"。因为,对面沙发里,坐着一个40岁左右的男人,他一直在看我。当然,还有服务员。我慌乱地奔向电梯,逃回我的房间。白色长裙的裙摆,夹在电梯门口处也不知道。

泪,已滴在了信封上,我慢慢打开信,眼前浮现出文武君当年的音容和身影……

"梦儿,还记得这是我第三次叫你梦儿吗?提笔给你写这第一封,也是最后一封信,你知道我心里是什么滋味吗?

……

你知道吗?当我确证了(通过最后见那一面、通过看你诗集里的诗,还有那篇流泪伤情的日记)你是真心喜欢我,并一直深深爱着我后,我有多么欣慰啊!我流泪了!今生今世虽然没能拥有你,陪伴在你的身边,但我知足了,可以安心地'走'了。

回想这十多年,你一直都在我心里啊!带给我快乐、美好的回忆,也让我怨悔和伤情。我怨你不懂我的心时,也怨恨我自己呀!似乎也怨恨老天爷,为什么要在我没有权利爱你的时候,遇见你,爱上你!我不甘心也不相信你的拒绝,可我又只能尊重你的决定。多少次,我拿起电话又放下;多少次,我提笔想给你写信,最后还是撂下了笔。我真怕打扰到你的宁静快乐，影响到你的幸福生活。可我万万没想到，你竟然默默地独自'漂泊'了近十个春秋！那种'临窗望月'的伤怀；那种'思而不得'的无奈；那种'无以倾诉'的苦闷，你让我如何不心痛、心碎呀！"

我哽咽流泪了。

"梦儿，我不知道你何时能读到这封信。也许在我去世几年后，也许十年后吧，但我知道你能读到它。就让它等着你出现的那一天吧。只是，你不要为我的离世而悲伤流泪呀！

梦儿，你知道吗？我这一生最快乐、心情最愉悦、最有幸福感的日子，就是遇见你、爱上你的那一年，尤其是你来兰州的那15天。我几乎每天都在你留给我的，那么多美好的回忆中度过。想着你的优雅、你的娇媚；你的聪灵和你的调皮；你的可爱、你的美！

可是，爱变成痛、变成怨的滋味也是不好过的呀！多少个日子，想起你时，只能借酒浇愁……

鲁迅说过：未曾哭过长夜的人，不足以语人生。我说：未曾对月倾诉相思至天明的人，不足以言爱情。

梦儿，你一定想知道我这么多年过得如何？我只能说，除了工作、责任义务，心里满满地装着另一个人，还能怎样呢？

记得最后见面那次，我的心，一直很痛。在知道你一个人孤独了近十年，心更痛如刀割！可我还能说什么呢？还能做什么呢？都不能了呀！我只想你能彻底忘记我！你知道吗？

梦儿，今生我欠你的太多了。我没能把我的爱给予你，让你能过得幸福开心、无忧无虑！你虽然在心里爱着我，但一定更恨我吧？就让我把今生欠你的一切，在来世加倍偿还你好吗？只是，你一定要再来人间啊！

我会在第一时间与你相逢！紧紧拥抱你，再也不分开。"

泪，模糊了我的视线，我抑制着悲哀。

"我虽然已被医生判了'死刑'，但我一点也不害怕死亡。人总会有一死嘛。况且，我该得到的，都早已得到了。而我想拥有的，却无法拥有。今生已注定不能拥有了！那就是你啊！所以，我再活不活都没什么不一样了。只祈来生吧！

你寄来的你的诗集和那篇'日记'，我看了无数遍，尤其是与我有关的诗。从这些诗里，我看到了你的心、你的爱、你的情。我好欣慰啊！你唱的歌曲专辑，我也听了无数遍，多半是戴着耳机躺在病床上听的。你的声音那么纯粹、悦耳、甜美、深情，就像你的人一样。尤其那几首电视剧《红楼梦》插曲，我听一次，伤感一次，好像那就是唱给我的，是吗？对了，你不是想听我唱歌吗？那我就为你唱一首歌吧。这是男人的歌，可我只有李谷一唱的。我想，你也肯定会唱，那你陪我唱好吗？

'有些事情忘不了，常在心中萦绕。

不是鲜花，不是掌声，只是乡间一条道。

小道弯弯很遥远，一直伸向山脚边。

有个女孩她望着我的眼，话儿藏在无语间。

女孩、女孩，现在你可好？我们已经很久没见了。

可你在我的心中，是永远的心跳。

愿这长长的思念，轻轻飞到你的身边。

无论天边，无论眼前，我们永远心相连。

每当鲜花，每当掌声，总是想起你的笑脸……'

我已泣不成声了。

"梦儿,我们来世再见了!那时,我要给你全部的爱。让你快乐、幸福!让你不要再写那些伤感、迷茫的诗。要写一本属于你和我的美好生活的诗集,记录下我们快乐幸福的时光!我要把今生欠你的,千倍百倍地补偿给你!但你记住,一定要跟我来兰州哦!呵呵呵……

梦儿,让我忧怀、让我伤情,让我无法忘却、无法不思念的梦儿啊,我又看见你亭亭玉立的身影和你娇美的笑容了,永别了!真的永别了!忘了我吧,不要打扰自己的宁静,好好生活。我会在另一个世界祝福你!"

我伏在床上失声痛哭起来,哭了很久。似用泪水倾吐多年来,积郁内心的悲苦、痛悔、哀怨和相思……

贺卡上的图案是一队人字形的大雁,向上飞翔着,恰寓意东北方向。左下角和右下角分别有一个男孩儿和一个女孩儿望着天空,望着那群雁——那个

"人"。

上面还有几行文武君写的小字:"我心相随之!我心向往之!我心为之痛!我心为之喜!我心中的梦儿……"

我泪眼迷蒙地仔细看着,读着蕴含在里面的真情与哀伤。我忽然发现,男孩儿抱着的那束玫瑰花是个小纸包。我小心地打开它,只见玫瑰花纸的背面淡淡地写着一行字:"这是来世的约定"。字是经过"美术加工"的,或歪或正,或大或小。我打开内层软纸包装,里面是两个小小的水晶心,被一条细细的链子连接着,链子的头,是弓箭头,穿过水晶心。

我欣慰地拿在手上,流着泪看着这"来世的约定"!心里的痛,渐渐散去,如得到了巨大的抚慰!

"文武君,我的文武君,挚情挚爱、知我懂我的文武君啊!你没有离去,也不会离去!你就在我身边,在我心里啊!……"

我的脑海里,又浮现出文武君那特有的、情不自禁地笑颜;俏皮的、尾音向上跳跃的笑声;关爱的、深情的话语;对视后,带有一丝喜悦和羞怯的表情……

那是悄悄地浮现,那是轻轻的思念,伴随我飘然而去的身影。从此,大西北的一切,都将入我梦中。而对大西北的眷念,将凝留在心底。因为,大西北,留下了我的梦、我的爱、我的情……

　　列车飞快地行驶着。就像时间和生命,一刻不停地把人们带向终点。让你来不及细看,沿途倏忽过眼的美丽风景!
　　我望着车窗外,倾听着列车播放的,邓丽君演唱的《我心深处》:

　　　"多少情感,在我心深处。
　　　直到今天,从未向你倾诉!
　　　静静的夜,长长的路,
　　　留下了多少爱情的脚步!
　　　青翠的山谷,碧绿的小湖,
　　　是我们两个,爱情的归宿!
　　　多少情感,在我心深处……"

　　我轻轻地、然而是深深地叹息着!
　　"逝去的,永远地逝去了!只有追忆深埋心底。

虽然，我和文武君的爱，短暂而没有结果，但毕竟我们曾真心爱过，并一直相互拥有着这份——纯真美好的爱情！这就足够了。

我要像文武君希望的那样，好好生活，珍惜当下。因为，只有这样，才能坦然面对今后的人生……"

我这样呆呆地想着。手心里紧紧攥着那两颗——连在一起的水晶心。